러시아의 위대한 작가들

K. B. 모출스끼

Velikie Russkie Pisateli 19veka

대구대학교 인문과학연구총서 22

러시아의
위대한 작가들

K. B. 모출스끼 지음 | 이규환, 이기주 옮김

똘스또이

레르몬또프

도스또예프스끼

뿌쉬낀

고골

머리말

19세기는 러시아 문학의 개화기이다. 이 위대한 시기는 뾰뜨르 대제의 개혁 이후 러시아의 문화가 지속적으로 성장함으로써 이루어진 것이다. 이어진 예까쩨리나의 빛나는 치세는 새로운 대국 러시아에게 민족문화의 창달이라는 과제를 제시하였다. 예까쩨리나의 궁정시인 중에는 송시 『펠리찌야』를 쓴 제르좌빈의 명성이 드높았고, 당시의 문학어와 문학형식은 매우 빠르게 발전되었다. 1815년 리쩨이에서 치러졌던 시험에서 제르좌빈 앞에 선 뿌쉬낀은 자신의 시를 낭독한다. 이 순간을 뿌쉬낀은 자신의 서사시 『예브게니 오네긴』에서 회고한다.

늙은 제르좌빈은 우리를 알아보고
무덤으로 가면서 축복하네.

영광스런 예까쩨리나의 시대가 저물고 뿌쉬낀 시대라는 여명이 다가왔다. '러시아 시의 태양', 뿌쉬낀이 정점을 찍을 때 똘스또이가 태어난다. 우리와 동시대에 호흡하는 노년층은 이 위대한 야스나야 뽈랴나의 노인을 친근하게 기억하고 있다. 러시아 문학은 한 세기만에 세계문학사의 정상에 올라섰고 국제적인 명성을 획득한다. 뾰뜨르의 드높은 천재성에 의하여 오랜 잠에서 깨어난 러시아는 한 세기동안 유럽을 따라잡는 것을 너머, 20세기에 들어설 무렵에는 유럽 정신의 주권자로 우뚝 서게 된다.

19세기는 숨 가쁘게 흘러갔다. 경향, 사조, 유파, 유행 등은 하루가 다르게 변했고, 10년마다 미학, 사상, 문체가 확연하게 달라졌다. 1810년대를 풍미한 감상주의는 20-30년대에 와서 낭만주의에 자리를 내주었고, 40년대에는 러시아의 이상주의적 '류보무드르[1]'의 탄생과 슬라브주의자의 교의를 목격할 수 있었다. 50년대에는 뚜르게네프, 곤차로프, 똘스또이의 소설들이 등장했고, 60년대는 허무주의, 70년대는 인민주의가 나타났다. 80년대에는 문학가로서, 설교자로서 칭송을 받은 똘스또이가 있었고, 90년대에는 새로운 시의 개화기인 러시아 상징주의 시대가 시작된다.

* * *

19세기 초반 까람진은 러시아 문학어의 과감한 개혁을 시도한다. 그는 러시아 문학어를 일상 회화체와 가깝게 만들면서 로모노소프의 고전적 문체로부터 탈피하는 동시에 프랑스 산문을 모범으로 삼아 작품의 문체를 선명하고 논리적인 구조를 띠도록 만들었다. 『러시아 여행자의 수기』와 『가엾은 리자』에서 느껴지는 감성적이고 박애적인 눈물은 러시아 문학을 적셨다. 까람진은 매우 감동적으로 "농민들 역시

---

1) 철학자라는 뜻으로, 독일 낭만주의 사상에서 출발한 이들은 유럽 속에서 러시아의 사명과 역할에 대하여 진지하게 고민했다. 오도옙스끼, 베네비찌노프, 끼리옙스끼 형제, 쉬브이료프, 뽀고진, 쮸체프등이 주로 이 모임에서 활동하였다. 후에 등장하는 슬라브파와 서구파의 모태로 여겨진다.

감성이 있다"는 것을 증명해낸다.

쥬꼬프스끼는 까람진을 계승하며 러시아 시어를 창조해낸다. 그는 『비범한 장사의 힘겨운 투쟁』에서 중후한 양식의 18세기 시를 부드러움과 다정다감함을 표현해내는 완벽한 도구로 바꾸었고 ,『이올루스의 하프』에서는 낭만적 영혼이 지닌 포착하기 어려운 심연의 선율까지 표현해 낸다. 그는 독일과 영국의 발라드를 번역하면서 멜랑콜리한 엘레지를 써내고, 옛 러시아의 다양한 전설과 이야기를 노래하며 러시아 시에 애수와 매혹을 부가한다. 그는 시를 성스러움의 절정까지 올리고는 선언한다.

시는 대지의 성스러운 공상 속에 존재하는 신.

쥬꼬프스끼가 독일로부터 마력이 깃든 노래와 영혼의 음악을 가져온 이래 러시아 시는 바쮸쉬꼬프에 이르러 더욱 명료해지고 경쾌해진다. 광기, 비극적 예감, 참을 수 없는 불안에 사로잡힌 장년기에 시인은 엘레지를 새로운 형식으로 창조해낸다. 그는 자신의 시에서 이탈리아 시의 조화와 고대미를 부활시킨다. 시『죽어가는 타스』의 풍부한 음향과 율동성은 장편 서사시『해방된 예루살렘』[2]의 작가가 보여준 천재성에 필적한다.

끄르일로프는 쥬꼬프스끼의 낭만주의와 바쮸쉬꼬프의 이탈리아적 양식과는 사뭇 다른 지점에 위치한다. 그는 자신의 온후하면서도 풍자

---

2) 이탈리아의 시인 T. 타소(Torquato Tasso, 1544.3.~1595.4.)의 장편서사시

적인 우화들을 단순함과 민중적인 성격, 그리고 낯선 외국의 문장으로 채운다. 능청맞고, 사려 깊고, 주의 깊은 그는 항상 현실과 건강한 사고에 충실했다. 그는 환타지나 고양된 이상을 작품의 전면에 드러내지는 않지만 선명한 단어 몇 마디로 삶의 핵심들을 포착한다. 그의 우화는 러시아 민중이 지닌 인생의 지혜와 문학적 재능을 표현해 낸 작품이다.

그리바예도프의 『지혜의 슬픔』은 러시아 연극사에 길이 남을 걸작이다. 날숏은 시와 엄격한 고전주의 형식으로 쓰인 이 희극은 공상가 차쯔끼와 속물적인 모스끄바 사교계와의 대립을 보여준다. 관직과 돈에 집착하는 고위관료 파무소프의 저택에 드나드는 사교계의 잡다한 군상들 속에서 차쯔끼와 파무소프의 딸 소피아간에 애달픈 로맨스가 펼쳐진다. 이 점에서 몰리에르의 『미장트로프』³ 속의 주인공 알세스트와 세리멘의 이별이 연상된다. 팽팽한 긴장감과 예리한 표현으로 가득한 희극의 문장들은 격언을 넘어 이미 속담이 되어버렸다. 『지혜의 슬픔』은 폰비진이 쓴 『미성년』의 문학적 전통을 계승하면서 고골과 오스뜨로프스끼에게 나아갈 길을 제시해 준 작품이다.

이제 준비기간은 끝이 났다. 뿌쉬낀을 둘러싼 거성들이 그와 함께 빛을 뿜어냈다. 젤비그, 베네비찌노프, 바라뜨인스끼, 이즈이꼬프, 오도예프스끼, 뱌젬스끼, 데니스 다브이도프는 각자 자신만의 빛을 발하였다. 하지만 이들의 빛이 크게 드러나지 않은 이유는 오로지 뿌쉬낀의 광채가 더욱 강하였기 때문이다. 뿌쉬낀의 출현은 기존의 어떠한 문학적 형태로도 설명해내기는 어렵다. 한마디로 해서 뿌쉬낀은 러시아 문

---

3) 프랑스의 극작가 몰리에르가 1666년 발표한 5막 운문희극.

학과 역사의 기적이다. 그가 정점으로 올려놓은 러시아의 언어예술은 그 최고점에서 더 이상 발전될 수 없었다. 뿌쉬낀을 이을 방법은 없었고, 단지 다른 발전노선에서 그의 시에 영감을 받을 수만 있었다. 뿌쉬낀은 자신의 유파를 만들지 않았다. 단지 레르몬또프가 19세기 전반기, 찬란한 시의 시대를 마무리 할 수 있었다. 그는 뿌쉬낀에게서 시를 배웠다. 하지만 레르몬또프는 뿌쉬낀의 조화로운 균형을 파괴하면서 자신을 찾아갔다. 뿌쉬낀이 극복해 낸 낭만주의 양식으로 돌아가면서 그는 강력하고 애절한 감동을 주는 문체와 철학적 사고, 그리고 분노어린 폭로를 덧붙이며 자신만의 새로운 시 세계를 창조해낸다.

레르몬또프 이후 시의 시대는 약화되고 산문의 시대가 도래한다. 이러한 상황 속에서 몇몇 뛰어난 시인들이 설 자리를 잃어갔다. 민중의 슬픔과 고통을 이야기한 네끄라소프는 자신의 준엄한 시적 영감으로부터 '비탄의 노래'를 끌어낸다. 그는 음울하고 완만하면서도 격한 자신의 시속에서 가난한 농노의 나라인 러시아와 민중의 끝없는 비애와 고난을 슬퍼한다. 비극적 이중의식의 소유자이자 예언자적 통찰력을 지닌 쮸체프는 '두 실재가 조우하는 문턱'에서 요동치는 인간의 영혼을 그려낸 시인이다. 흐르는 음악 같은 그의 시속에서 세계는 구체적 윤곽을 잃어간다. 음과 색, 그리고 향은 서로 뒤섞이며, 자연의 혼은 자신만의 언어로 이야기한다. 시인의 사고는 상징으로 표현된다. 상징은 순간적으로 일어나는 번갯빛처럼 "금실로 자수를 놓은 덮개가 던져진" 혼돈의 심연을 비춘다. 쮸체프는 보이지 않는 세계의 폭로자이자 밤의 시인이다.

페뜨는 낮의 시인이다. 그는 신의 이름이 똑똑히 새겨져 있는 자연이 만들어 낸 화려한 의상을 걸치고 있는 시인이다. 경건한 환희의 소유자인 페뜨는 신이 만들어 낸 세계 속에서 신비로운 비밀을 파헤친다. 상징주의자인 쮸체프는 보들레르[4]와 이어지고 페뜨의 경쾌한 음악은 베를렌[5]과 상통한다. 두 시인은 20세기 초 시의 부흥기인 러시아 상징주의 시대를 맞이할 수 있게 하는 동인이 된다.

*　*　*

고골의 매혹적인 문학예술은 단편작가, 장편작가, 풍속작가 등이 활발하게 활동할 수 있게 하였다. 고골의 '자연파'로부터 50~80년대의 위대한 작가들이 출발하기 시작했다고 하여도 과언은 아니다. "우리는 모두 고골의 『외투』로부터 나왔다"라고 도스또예프스끼는 공언한다. 『죽은 혼』으로부터 러시아 소설의 상승세가 19세기 후반기로 줄곧 이어진다. 1846년에 도스또예프스끼의 중편 『가난한 사람들』이 출간된다. 1847년에는 뚜르게네프의 첫 단편 『호르와 깔리느이치』, 곤차로프의 첫 소설 『평범한 이야기』, 악사꼬프의 첫 문학작품 『조어기(釣漁記)』, 그리고로비치의 첫 중편 『안똔 고레므이까』가 등장한다. 1852년에는 레프 똘스또이가 『유년시대』, 『소년시대』를 발표한다.

---

4) 프랑스의 시인(1821~1867). 심오한 상상력, 추상적인 관능, 퇴폐적인 고뇌를 집중시켜 악마주의라고도 할 수 있는 시집 『악의 꽃』을 출판하여 프랑스 상징시의 선구자가 되었다.
5) 프랑스의 시인(1844~1896). 근대의 우수와 권태, 경건한 기도 등을 정감이 풍부하게 노래하였다. 시집으로는 『화려한 향연』, 『예지』, 『말 없는 연가』 등이 있다.

이 시대에 단연 돋보이는 두 거인은 도스또예프스끼와 똘스또이다. 그 뒤로 서정적이고 진솔한 작품『사냥꾼의 수기』의 작가, 통찰력 있는 심리학자이자 관찰자, '잉여인간' 루진과 니힐리스트인 바자로프의 형상을 창조하며 러시아 농촌 귀족을 노래한 뚜르게네프가 돋보인다. 그의 소설『루진』,『귀족의 둥지』,『아버지와 아들』그리고 그의 우아한 중편들과 멜랑콜리한『산문시』는 완성도 높은 기법의 전형이다[6].

절제되고 엄격한 문학가인 곤차로프가 집필한 소설 중『오블로모프』는 단연 으뜸이다. 작가는 시골 지주의 무위도식하며 배만 채우는 게으른 삶과 헐겁기만 하고 당치도 않은 순박함을 쓰라린 유머와 부끄러울 수밖에 없는 사랑흉내를 통해 표현한다. '오블로모프쉬나'[7]라는 단어는 러시아의 일상어가 되었을 정도이다.

『가족 연대기』와『손자 바그로프의 유년시절』에서 악사꼬프는 러시아 땅과 민중 속에 뿌리박은 채 구습대로 살았던 강하면서 독자적인 아버지와 할아버지, 그리고 과거속의 러시아 지주들을 생생하게 그리고 있다. 곤차로프가 폭로하고 교화한다면 악사꼬프는 잔잔하고 정직하게 지난 일들을 그저 묘사해낼 따름이다. 그는 러시아 문학사에서 가장 문체가 좋은 작가들 중 하나이다.

러시아 문학이라는 큰 흐름의 한 편에서 타고난 소설가 레스꼬프가 성직자, 상인, 수공업자들의 살아있는 언어를 소개한다. 연대기『수

---

6)『귀족의 둥지』의 헌신적이고 온화한 리자 깔리찌나와『살아있는 유골』에 등장하는 경건한 농사꾼 여자 루께리야의 형상은 아름다운 영혼의 찬란함으로 충만하다. - 모출스끼

7) 러시아 사회의 후진성과 지주들의 무력한 삶의 양태를 일컫는 말. 곤차로프의 동명 소설『오블로모프』에 관한 N. A. 도브롤류보프의 비평문〈오블로모프쉬나란 무엇인가?〉(1859)를 통해 문학 용어로서 보편화되고 정착되었다.

도원 사람들』과 작품『봉인된 천사』, 『매혹당한 나그네』는 러시아적 문학 모델을 진일보시킨 동시에, 민중과 지방의 이야기가 가득 담긴 보물창고를 러시아 문학 속에 활짝 열어 놓았다.

20세기 무렵 애잔하며 우아하고 고상한 간결성이 돋보이는 섬세한 체홉의 예술이 등장한다. 소설가이자 극작가인 그는 부드러운 파스텔톤으로 회색빛 일상과 지루하기만 한 보통사람을 채색하며 그들의 불분명한 애상과 무기력한 감정의 분출을 그려낸다.

* * *

뿌쉬낀은 지나간 인생여정을 돌아보며 시를 쓴다.

나 오랫동안 민중의 사랑 받으리라
리라로 선한 마음 일깨우고
이 고난의 시대에 자유를 찬양하고
스러진 자에게 자비를 베풀라 외쳤으므로

이러한 평가는 뿌쉬낀의 창작뿐만 아니라 러시아문학 전반에 해당된다. 러시아문학의 특징은 '선한 마음', 인간에 대한 사랑 그리고 신의 진실에 대한 탐색이 순수한 아름다움이나 추상적 진리에 대한 탐구보다 우위에 있다는 점이다. 사회의 자유, 개인의 자유, 종교적 열정, 모욕과 멸시를 받는 이들에 대한 연민이 러시아 문인들의 최대 관심사

였다. 러시아 문학은 가장 인간적이고 자비심이 깊은 문학이다. 쮸체프
는 이렇게 쓴다.

　　고향땅, 너의 모든 곳을
　　하늘의 신이 종의 모습을 하고
　　축복하며 둘러보는구나.

　　그렇게 러시아문학은 그리스도의 흔적을 따라 나아간다.

차례

뿌쉬낀

뿌쉬낀은 민중의 혼과 호흡하며 스스로 러시아인임을 느끼고 싶어 했다. 그는 축제 때마다 마을을 구석구석 돌아다니며 슬라브 민요에 귀를 기울이고 마을의 사제에게 농민들이 즐겨 쓰는 속담과 경구에 관하여 자세하게 물어보았다. 해마다 정기시장이 서는 동안에 그는 스뱌또고르 수도원을 방문하여 거지들이 부르는 나자로, 신인 알렉세이, 대천사 미하일, 최후의 심판 등에 관한 노래를 오랫동안 들었다. 이러한 '민중과의 소통'을 위하여 그는 꽤나 기이한 차림새("빨간 루바슈까와 가죽 혁대, 통이 넓은 바지와 흰색의 짚으로 엮은 모자, 쇠 지팡이")를 했다. 그는 스쩬까 라진에 관한 민중가요를 적어두고는 능숙하게 따라하기도 하였다.

뿌쉬낀 (1799~1837)

알렉산드르 세르게이비치 뿌쉬낀은 1799년 6월 6일 모스끄바에서 태어났다. 그의 어머니는 '뾰뜨르 대제의 흑인'인 이디오피아의 가난한 공작의 아들 아브람 한니발의 손녀이다. 뿌쉬낀은 증조부로부터 '아프리카적 성격', '불꽃같은 열정', 곱슬머리 그리고 두툼한 입술을 물려받았다. 그는 '흑인'이라는 별명을 자랑스러워했고 아프리카의 하늘 아래서 사는 것을 꿈꿨다. 시인의 아버지는 전통 있는 귀족 가문인 뿌쉬낀 집안 출신이었다. 이 가문은

군대와 위원회에서
군사령관으로 의장으로
헌신적으로 짜르를 섬겼다.

그러나 육백년 역사를 지닌 뿌쉬낀 가문은 쇠락하였다. 시인은『나의 가문』이라는 시 속에서 자신의 가문을 높게 평하면서도 이미 영락해 버린 것에 대한 씁쓸함을 표현한다.

조락해버린 가문의 유물
다행히도 나 혼자는 아니지만
오래된 대귀족의 후손인 나
나는 소시민, 그저 소시민

뿌쉬낀은 '상류귀족 문인' 사이에서는 자신이 '소시민 문인' 으로 인식되고 있음을 느꼈고 '잡계급 문인' 들은 자신을 건방진 귀족으로 여기고 있다는 것을 알았다. 궁정에서의 입지는 하찮았고, 사회에서는 이것도 저것도 아닌 이중적인 위치였다. 여기서부터 사교계와의 끊임 없는 마찰이 비롯되었고, 그 결과 죽음에 이른다.

시인의 아버지는 예까쩨리나 시대를 살았던 경솔하고 냉담하지만 기지가 있는 인물이었다. 그의 책장은 프랑스 고전과 18세기 연애소설로 가득 차 있었다. 뿌쉬낀은 이 책들을 유년시절에 여러 번 읽게 된다. 변덕스럽고 경박한 '아름다운 혼혈아' 인 어머니는 아들의 교육을 프랑스 남녀가정교사에게 맡겨버린다. 만일 그에게 러시아의 옛날이야기를 들려주던 유모 아리나 로지오노브나가 없었다면 시인은 프랑스인과 다를 바 없이 성장하였을 것이다. "곱슬머리에 가무잡잡한 피부를 가진 어린 뿌쉬낀의 외모는 그리 출중하지 않았으며 성품은 게으르고 부끄러움을 많이 타는 편이었다. 하지만 그의 눈은 불꽃을 뿌리듯 생기 넘쳤다." 뿌쉬낀의 가족은 여름이면 모스끄바 근교의 자하로프 영지에서 지내곤 했다. 시인은 평범한 러시아의 시골, 강으로 이어지는 그늘이 많은 숲, 언덕위의 작은 집, '즐거운 정원'을 사랑하였다. 그는 타고난 비범한 기억력으로 열한 살에 많은 프랑스 문학을 통째로 외우다시피 하였고, 드미뜨리예프, 바쮸쉬스꼬프, 그리고 쥬꼬프스끼의 시를 읽었으며 익살스런 시와 희곡을 써냈다. 1811년에 그는 알렉산드르 I세가 마침 설립한 짜르스꼬예셀로 리쩨이에 입학한다. 이곳에서 그는 조용하고 게으른 아이에서 소란스럽고 장난이 심한 소년으로 바뀐다. 공부 면에서 그는 평범했으나 온갖 장난을 생각해내는 데는 비범했다. 그렇게 육 년 동안의 행복한 나날을 리쩨이와 동료들의 가정에서, 즐거운 놀이와 떠들썩한 술자리에서, 그리고 파르니[8]의 시집 한 권을 들고 홀로 짜르스꼬예셀로 공원에서 보낸다. 작품 『예브게니 오네긴』에서 그는 이 즐거운 시간들을 기억한다.

나 리쩨이의 정원에서

평온하게 자라나고 있을 때

아풀레이우스[9]를 즐겨 읽었으나

키케로[10]는 읽지 않았다

---

8) 파르니(Evarisle Parny, 1753~1814): 프랑스의 신고전주의 시인.

9) 아풀레이우스(Lucius Apuleius, 124?~170?) 고대 로마의 저술가로 시인 · 철학자 · 수사가(修辭家)로서 활약

10) 키케로(Marcus Tullius Cicero, BC 106~BC 43) 고대 로마의 문인 · 철학자 · 변론가 · 정치가.

리쩨이 행사에서의 뿌쉬낀, 1911년 일리야 레삔의 그림

봄날, 신비스런 계곡에
백조 울음소리 들릴 때
조용히 빛나는 호숫가에서
뮤즈가 내게로 나타났지.

저녁수업이 끝나면 그는 당시 짜르스꼬예셀로에 주둔하고 있던 경
기병 연대의 장교들과 연회를 즐기기 위하여 자주 리쩨이를 빠져나왔
다. 여기서 시인은 대담한 난봉꾼인 까베린과 사려가 깊은 교양인 차다
예프와 사귀게 된다. 외국원정에서 돌아온 지 얼마 안 된 근위대 장교
들은 자유사상에 흠뻑 젖어 있었다. 후에 뿌쉬낀의 친구 대부분이 비밀
결사에 가입하게 되고 제까브리스뜨[11] 봉기에 참여하게 된다. 만일 시인

---

11) 제까브리스뜨(12월 당원)는 1825년 12월 26일(구력 12. 14)에 무장봉기를 일으킨 러시아 혁명가
들을 통틀어 일컫는 말이다.

이 미하일롭스꼬예로 유형을 떠나지 않았다면 12월 당원 친구들과 운명을 함께 하였을 것이다.

리쩨이의 거의 모든 학생들은 시를 쓰고 러시아나 외국의 잡지를 주문하여 읽고 『짜르스꼬예셀로 리쩨이 신문』과 『짜르스꼬예셀로 황제 리쩨이 통보』를 발간하였다. 시인 젤비그, 일리쳅스끼, 뀨헬베께르가 뿌쉬낀과 경쟁하였다. 그러나 곧 뿌쉬낀의 우수성을 모두가 인정하게 된다. 1815년에 이미 젤비그는 뿌쉬낀을 "전성기를 맞은 아우소니우스[12]의 백조"라며 환희에 차 반갑게 맞이하며 소리 높여 노래했다.

뿌쉬낀! 그는 숲에서도 숨을 수 없네.
리라가 커다란 선율로 그를 드러내네.

천부적인 시적 재능을 타고난 뿌쉬낀은 특별한 노력없이 영예를 얻는다.

'리쩨이 시절의 시'는 작품이라기보다는 습작이었다. 놀라울 정도로 쉽게 뿌쉬낀은 '시를 짓는 법'을 습득하였고 모든 서정시 장르를 체험해 본다. 그는 시작법과 리듬, 구성을 배웠다. 젊은 뿌쉬낀의 시에는 위엄있는 제르좌빈 스타일의 송가, 준엄한 스코틀랜드의 바드 오시안[13], 익살스럽고 관능적인 파르니와 볼테르식 목가, 아나크레온식의 사랑과 술에 대한 찬미, 방탕한 연회석상의 노래, 우정의 편지, 친밀함

---

12) 아우소니우스(Decimus Magnus Ausonius. 310?~395?) 로마 제정 말기의 시인으로 대표작에 『모젤라강』이 있다.
13) 3세기경의 고대 켈트족의 전설적인 시인이자 용사

을 표현한 시로 된 편지, 지친 마음과 음울함을 담고 있는 애가 등이 나타난다. 그 속에서 열여섯 살의 젊은이는 자신의 '시들은 심장', '생기 없는 눈빛', '암울한 사랑', 덧없는 청춘을 이야기한다. 뿌쉬낀은 '열정의 광기'를 시로 승화하며 견디어낸다. 소박한 학생들의 술자리는 호화로운 루쿨리언 향연과 바쿠스와 퀴프로스[14]에게 드리는 장엄한 제의로, 사랑놀이는 불꽃같은 열정이 있는 축제로, 닫힌 리쩨이를 벗어나고픈 낙천적인 한 젊은이의 권태는 삶의 환멸을 느끼고 고민하는 낭만적 주인공의 공상으로 변한다. 뿌쉬낀은 이렇게 푸념한다. "일 년 내내 더하기, 빼기, 법, 조세, 고상한 것, 훌륭한 것만 듣고 있다. 교탁 앞에서 일 년 동안 졸고 있다. 정말 못할 일이다." 드디어 리쩨이를 떠날 날이 왔다. 시인은 1817년 짜르스꼬예 셀로와 절친한 친구들을 떠난다. 이때부터 자유롭고 격렬한 삶이 시작된다. 시인은 자신의 아프리카적 기질로부터 나온 모든 에너지를 다해 삶을 살아간다. 그러나 리쩨이는 잊을 수 없었다. 동창들은 매년 리쩨이 개교일인 10월 19일을 기념했고, 시인 역시 자신의 모교를 위해 시를 썼다.

벗들이여, 우리 우정 아름답구나!
영원히 뗄 수 없는 영혼처럼
흔들리지 않는 자유롭고 태평한 우정은
다정한 뮤즈의 비호 아래 자라나
그 어떤 숙명에 처해서도

---

14) 아프로디테의 별명(Cypris)

그 어떤 행운이 우릴 찾아와도

우리는 언제나 변함없는 한 모습

세계는 우리의 타향, 우리의 고향은 짜르스꼬예 셀로.

『예브게니 오네긴』에서 읽을 수 있듯 리쩨이 졸업 후 외무성의 관리가 된 뿌쉬낀은 소란스러운 상류사회에 합류하게 된다. 이곳에서 뿌쉬낀은 '부드러운 정열의 학문' 인 연애에 몰두하였고, 이것은 그를 시에서 멀어지게 만들었으며 원기를 고갈시켰다. 무도회, 파티, 레스토랑, 극장, 발레, '매력적인 여배우', '상류사회의 말괄량이', 어여쁘고 '젊은 처녀들', 대규모 야회와 무분별한 장교들의 폭음, 그 어느 것도 뿌쉬낀의 삶에 대한 갈증을 채울 수 없었다. 몇 번이나 그는 병을 앓아야만 했다. 그러나 건강이 회복되고 나면 여윈 시인은 깨끗하게 면도를 하고서 상류사회의 향락이라는 소용돌이에 빠져들곤 했다. A. I. 뚜르게네프는 당시의 상황을 이렇게 묘사한다. "귀뚜라미(그의 친구들은 뿌쉬낀을 이렇게 불렀다 - 모출스끼)는 가로수 길을 따라 뛰어다니느라고 정신이 없다. 겨우겨우 시를 써내려가기는 한다. 방탕하기 짝이 없는 생활을 하며 그는 서사시(루슬란과 류드밀라 - 모출스끼)의 4장을 마무리하고 있다." 병이 그를 침대에 머물게 하지 않았다면, 강제된 은둔생활의 운명을 짊어지지 않았다면 『루슬란과 류드밀라』는 세상에 나올 수 없었을 것이다. 아버지처럼 뿌쉬낀을 걱정한 역사가 까람진은 엄한 질책을 한다. 하지만 시인은 "감동은 받았으나 완전히 바뀌진 않았다."

『루슬란과 류드밀라』(1820)는 옛날이야기에 나오는 블라지미르 공

『루슬란과 류드밀라』의 초판 표지

후 시대에 벌어지는 사건을 그린 익살스런 서사시이다. 블라지미르의 딸 류드밀라를 수염이 긴 마법사 체르노모르가 납치한다. 류드밀라의 약혼자인 용감한 루슬란과 류드밀라를 사랑하는 세 명의 용사 라쁘미르, 로그다이 그리고 파르라프는 그녀를 찾아 떠난다. 선량한 은자 핀과 악한 마녀 나이나가 등장하는 다양하고 놀라운 모험 후에, 루슬란과 다투던 교활한 경쟁자 파르라프는 창피를 당하고 루슬란과 류드밀라는 백년가약을 맺는다. 작품 속의 모든 것이 즐겁고 현란하며 떠들썩하다. 사실 러시아의 옛 모습은 연극 무대장치와 비슷하다. 고대의 용사들은 아리오스토[15]의 서사시『광란의 오를란도』에 등장하는 기사와 닮았다. 매혹적인 새침데기이자 변덕쟁이인 류드밀라는 18세기 후작의 영양(令孃) 같다. 뿌쉬낀이 볼테르의 서사시『오를레앙의 처녀』를 왜 외우고 있었는지 알 수 있는 대목이다. 시인은 자신의 시적인 동화 속의 '민중성'을 진지하게 고려하지 않고, 다만 자신의 작품을 '재미있는 것'이라 하였을 뿐이다. 뿌쉬낀은 등장인물들을 희화화하고 자신의 '시의 스승' 쥬꼬프스끼가 쓴 발라드

---

15) 아리오스토(Ludovico Ariosto, 1474 - 1533) 르네상스기를 대표하는 이탈리아의 시인

를 패러디한다. 그는 서사적 어조에 희극적 요소를 섞어내고 체르노모르의 마법정원의 묘사와 류드밀라의 유혹적인 매력을 그려내는데 혼신의 힘을 다한다. 또한 이 서사시에는 열정적인 무수한 삶의 모습과 완벽한 시구들이 아로 새겨져있다. 서사시는 러시아의 독자 모두를 열광시켰다. 수많은 대중들을 위해서 뿌쉬낀은 오래도록 '루슬란과 류드밀라의 가수'가 되었다. 감동한 쥬꼬프스끼는 뿌쉬낀에게 "압도된 스승이 승리한 제자에게"라는 글귀가 담긴 자신의 초상화를 선물한다.

리쩨이와 유형기 사이의 격동의 뻬쩨르부르그 시절을 회상하며 뿌쉬낀은 다음과 같이 『예브게니 오네긴』에서 쓴다.

나는 활기찬 뮤즈를
향연과 거친 논쟁의 소란과
한밤 감시의 위협 속으로 이끌었고
그녀는 미친 듯한 향연 속으로
그녀의 재능을 가지고 갔다
그녀는 여자 바쿠스처럼 활기찼고
그녀의 축배의 노래는 언제고
기쁨을 절로 솟게 하였다
그 시절 젊은 내 친구들은 모두 다
그녀 뒤를 왁자지껄 따라다녔다.

이무렵 시인은 어려움에 휩싸인다. 젊은 근위병의 혁명적 기분에 취한 뿌쉬낀은 '자유를 구가하는 시'들을 쓴다. 뿌쉬낀과 리쩨이의 친구이자 제까브리스뜨인 뿌쉰은 "당시 뿌쉬낀의 시『마을』, 『자유를 위한 노래』등과 같은 시들을 사람들이 필사해가며 읽고 외우다시피 하였다. 그의 시를 모르고 살아있는 사람이 없을 정도였다"라고 회고한다. 송시『자유』에서는 빠벨 I세 살인에 대해 쓰며 폭군에 대한 복수를 민중들에게 촉구한다. 강력한 '러시아의 압제자'로서 알렉산드르 I세의 측근이었던 아르까체예프에 대한 짧은 풍자시에선 이렇게 쓴다.

포상받은 병사의 노예
자신의 운명에 감사하라
너는 헤로스트라토스[16]가 불 지른 수도원 앞이나
독일인 코쩨부[17]의 죽음 앞에 있으니.
(신성동맹의 옹호자 코쩨부는 대학생 잔드의 손에 살해당했다.-모출스끼)

이 시들은 정부에 알려졌고 뿌쉬낀은 시베리아 유형에 처해졌다. 까람진과 쥬꼬프스끼가 그를 옹호했고 형벌은 약화되었다. 그는 예까쩨리노슬라프로 보내졌고 니조프 장군의 서기로 일하게 된다. 뿌쉬낀의 새로운 상관에게 한 정부 고관이 다음과 같이 편지를 썼다. "만약 뿌쉬낀의 눈물과 약속을 믿어버린다면 그가 교화된 것처럼 보일 거요." 까람진은 뱌젬스끼에게 이렇게 편지를 보낸다. "이제 만일 뿌쉬낀이

---

16) 기원전 356년 에페수스의 아르테미스 신전을 방화한 인물. 어차피 나쁜 짓을 하려면 후세에까지 이름을 알려야 한다며 신전에 불을 지름.
17) 1761-1819, 독일 극작가이자 소설가

교화되지 않는다면 형기를 끝내기 전에 큰일이 날 겁니다."

3년간의 뻬쩨르부르그 생활(1817-1820) 후에 6년 동안 4년은 끼쉬 뇨프와 오데사, 2년은 미하일로프스꼬예 셀로에서 유형생활을 한다.

시인은 동생에게 편지를 쓴다. "예까쩨리노슬라프로 온 후 무료함을 느낀 나는 드네쁘르 강을 따라 썰매를 타고 돌아다니다가 결국 열병에 걸려버렸어. 아들 그리고 두 딸과 함께 까프까즈로 떠났던 라예프스끼 장군이 유대인 농가에서 나를 찾아냈지. 당시 나는 의사의 치료도 받지 못하고 얼어버린 레몬에이드를 옆에 두고 흐릿한 의식으로 누워 있었다더군... 니조프가 나의 여행을 축복해 주었는데 마차에 실린 환자가 되다니. 일주일 후에 회복했지만 말이야." 조국전쟁의 영웅 라예프스끼와 그의 가족은 뿌쉬낀을 식구처럼 대해주었다. 시인은 그들과 함께 두 달 동안 까프까즈에 있는 온천수가 나는 곳에서 지낸다. 뿌쉬낀은 까프까즈의 야생적 아름다움에 빠진다. "웅장한 산맥이 보이고 멀리 그 산맥의 꼭대기에는 여명의 순간에 꼼짝 않고 있는 다채로운 구름처럼 얼음 봉우리가 버티고 있다." 그는 까프까즈의 아시아적인 풍광을 좋아하게 된다. 이 지역은 용감한 예르몰로프에 의해 복속된 지 얼마 되지 않았지만 시인은 여행에서 생길 수 있는 위험까지도 즐거워했다. 대포로 무장한 60명의 까자끄 부대가 뿌쉬낀 일행을 수행했다. 빠찌고르스끄에서 시인은 경사가 가파른 돌길을 기어올랐고 낭떠러지 끝까지 수풀을 헤치며 겨우겨우 지나가기도 하였다. 자신을 짓누르던 뻬쩨르부르그 생활에서 한숨을 돌린 시인은 활기차고 여유로워졌다. 뿌쉬낀은 라예프스끼와 함께 까프까즈를 떠나 끄림지역으로 떠나게 된다. 구르주프로 가는 배에 몸을 실으며 쓴 『한낮의 천등(天燈) 꺼지고』
라는 엘레지는 바이런에게 바치는 사랑의 헌사라 할 수 있다. 뿌쉬낀은
'안개 자욱한 내 고향', '덧없는 친구들', '변심한 아가씨들' 과 작별을
고하고 사신의 '잃어버린 청춘' 에 대해 고뇌한다.

  노래하라, 노래하라, 순풍에 펄럭이는 돛이여,
  침울한 대양이여, 발밑에서 출렁이라.

  후에 그는 끄림에서의 나날들이 인생에서 가장 좋은 시기였다고
회고한다. 나중에 제까브리스뜨인 볼꼰스끼 공작과 결혼을 하고 남편
을 따라 시베리아로 가게 되는 라예프스끼 장군의 딸 마리야는 시인의
마음을 사로잡는다. 그녀의 오빠인 알렉산드르는 뿌쉬낀으로 하여금
바이런적인 주인공의 모습을 느끼게 해준다. 뿌쉬낀은 알렉산드르 라
예프스끼를 자신의 '악마' 라고 부른다. 그는 "아름다움을 공상일 뿐이
라 하며",

  삶을 조롱으로 대하였으니
  자연의 그 어느 것도
  그의 축복을 받지 못하였다.

  차일드 해롤드의 망토를 멋지게 걸쳐 입은 차갑고 불손한 인상의
라예프스끼는 시인에게 마치 바이런의 신비스런 주인공처럼 보였다.

다시 뿌쉬낀이 복무를 시작해야 할 때가 왔다. 이 무렵 그의 상관인 니조프 장군이 끼쉬뇨프로 전근을 했고, 시인은 황량하기 그지없는 베사라비야로 떠나야만 했다. 터키 지배의 흔적이 주민들의 풍습에 그대로 남아있었다. 끼쉬뇨프에서 뿌쉬낀은 동양식 나태, 부도덕, 도박, 떠들썩한 주연, 유언비어 등과 맞닥뜨려야 했다. 뿌쉬낀의 '돈 주앙 목록'은 줄기차게 늘어갔다. M. 빠쁘프는 "뿌쉬낀은 남쪽에서도 변하지 않았다. 그는 영리하였으나 여전히 경박하고 조소적이며 아이처럼 끊임없이 실수를 했다"고 전한다. 그는 두 번의 결투를 하였고 지루함을 못이겨 화를 내기도 했으며 시 속에서 '저주받은 도시 끼쉬뇨프'에게 욕설을 퍼부었다. 한번은 스텝에서 집시 무리를 만난 뿌쉬낀은 그들을 쫓아가 이틀 동안 '야생의 자유'를 만끽하며 보내기도 하였다. 하지만 폭음과 방탕, 우울과 애수에도 불구하고 시인은 많은 것을 읽고 생각하였다. 그는 차다예프에게 이렇게 쓴다.

고독과 함께 내 완고한 천재성은
과묵한 노동과 목마른 사유를 알았고……
젊음의 치기로 잃어버린 날들을
나는 자유의 품 안에서 보상 받고자 했고
흐르는 세월만큼 교화되고자 했네.

1823년에 그는 오데사로 근무지를 옮긴다. 외진 베사라비야 지역 다음으로 항구무역도시인 오데사에서 시인은 마치 유럽의 중심부에 온 것 같은 느낌을 받게 된다. 시인의 이러한 느낌을 우리는 '오네긴의 편력' 편에서 읽을 수 있다.

그곳에 유럽의 향기가 흐르네,
모든 것이 남부의 빛을 발하고
다양함과 생생함이 현란하구나.

다양한 인종, 남쪽의 태양, 바다, 선박의 깃발, 콘스탄티노플산 굴, 이탈리아 오페라, 클럽, 해수욕, 아름다운 발레리나들은 시인의 영감을 자극했다. 그러나 곧 상관인 총독 보론쪼프 백작의 관료적인 태도와 시에 대한 경멸은 시인의 마음을 우울하게 만든다. 뿌쉬낀은 백작의 아내를 사랑하게 되고 자연스럽게 둘 사이에 균열이 발생한다. 시인은 브론쪼프를 풍자한 가시 돋힌 시를 썼고, 백작은 뿌쉬낀이 오데사를 떠나게 해달라고 정부에 청원을 한다. 그 이유는 "열광적인 숭배자들이 뿌쉬낀의 머리를 혼란스럽게 하고 있으며…… 그는 단지 시시한 인물인 바이런을 어슴푸레하게 모방하고 있을 뿐"이기 때문이다. 뿌쉬낀은 자신의 부모 소유인 쁘스꼬프 영지, 미하일로프스꼬예 셀로로 이동하라는 명을 받는다. 흑해를 떠나면서 시인은 『바다에 부침』이라는 시를 쓴다.

잘 있어라, 자유로운 대자연이여!
너는 마지막으로 내 앞에서
푸른 파도를 일으키고

오만한 아름다움으로 빛나는구나.

시인은 고독하게 해변을 따라 걸으며 아주 머나먼 곳으로 떠나가는 상상을 하곤 했지만 이제 아무것도 아쉬워하지 않는다.

인간의 운명은 어디서나 같은 법
행복이 있는 곳엔 반드시
문명이, 혹은 폭군이 보초를 선다.

남부유형시기에 뿌쉬낀은 오만한 고독, 조소 섞인 우수, 참담한 환멸의 색채를 띠는 바이런의 시에 열중한다. 이 시기에 시인은 바이런 풍의 서사시 『까프까즈의 포로』『바흐치사라이의 분수』『집시』를 집필한다.

바이런의 서사시의 중심에는 사랑의 갈등이 자리 잡고 있다. 신비하고 음울한 추방자이거나 범죄자인 주인공은 '파괴적 열정'으로 동양적인 미인을 사랑하고 파멸시킨다. 서사시 『해적』에서 세상에 환멸을 느낀 콘라드는 여전히 메도라를 사랑하기 때문에 귈나라의 열정을 받아들일 수 없다. 순차적으로 사건이 발생하는 기존의 서사시와 달리 바이런의 서사시는 사건의 중간이나 끝부분에서 시작한다. 극적인 장면들은 무질서 속에서 이리저리 교체된다. 모든 사건은 단속적이고 끝이 보이지 않기 때문에 비밀스럽다. 한밤중의 만남, 유괴, 단검, 독, 배신과 복수, 공훈과 죄 등이 바이런의 서사시에서 반복되는 모티프이다.

『까프까즈의 포로』의 육필원고

『까프까즈의 포로』(1820-1821)에서 뿌쉬낀은 까프까즈에서의 개인적 경험과 산악지대 사람들의 생활모습으로 작품을 가득 채우며 바이런을 충실히 쫓는다. 젊은 러시아인이 체르께스인들의 포로가 되나 한 체르께스 여인의 사랑을 얻어, 그녀의 도움으로 탈출하게 된다. 그러나 어쩌랴! 그는 그녀를 사랑할 수 없다. "폭풍 같은 영혼의 불행한 사랑"후 그는 "행복은 내 안에서 죽어버렸다"고 말한다. 포로의 영혼엔 "슬픈 한기"가 가득 차 있다. 그는 이제 돌아간다.

폭풍 같은 삶으로
희망도 기쁨도 욕망도 다 잃고
예전의 추억
시든 가슴속에 간직해 두고.

포로는 거친 물살을 헤치고 강을 건너가 러시아의 까자끄 초병들과 조우한다. 버려진 체르께스 여인은 좌절하여 강으로 뛰어든다. 포로는 바이런풍의 주인공을 형상화한 첫 시도이나 만족할 만하지 못했다. 뿌쉬낀은 "포로의 묘사는 성공적이지 못했다. 이것은 내가 낭만적 시의 주인공을 만들어내는 데 적당한 소질을 가지고 있지 않다는 증거이다. 나는 포로의 형상 속에 냉담한 삶에 대한 태도와 19세기 젊은이들의 특성인 설익은 영혼의 고뇌를 표현하고 싶었다"라고 말한다. 그렇지만 시인은 자신의 불완전한 주인공을 사랑했다. "그에게는 나의 성정이 스며들어있다"고 뿌쉬낀은 고백한다. 『까프까즈의 포로』에서 뿌쉬낀은 조화로운 시구로 가공되지 않은 까프까즈의 아름다움과 용감한 산악부족의 자유스런 삶을 노래한다. 독자들은 새롭게 열린 미적 공간에 매료되었다. 뿌쉬낀 이후로 까프까즈에 관한 테마들은 러시아 문학속에 깊게 자리 잡는다(레르몬또프, 레프 똘스또이). 비평가 벨린스끼는 다음과 같이 쓴다. "뿌쉬낀은 명백한 두 가지 목적을 가지고 있다. 그 하나는 야성적이고 자유로운 산악종족의 삶을 시적으로 표현하는 것이고, 다른 하나는 삶에 환멸을 느낀 한 영혼의 애상을 그리는 것이다. 두 측면의 묘사는 하나의 우아하고 시적인 그림 속에 담겨진다. 장엄한 까프까즈의 모습과 호전적인 부족민의 형상은 러시아 시에서 처음으로 재현되었다. 그리고 까프까즈는 뿌쉬낀 시의 요람이자 레르몬또프 시의 요람이 되었다."

끄림 지역을 여행하며 뿌쉬낀은 바흐치사라이 궁전의 폐허를 방문하게 된다. 예까쩨리나 라옙스까야는 따따르인들이 폴란드에서 끌고 온 백작부인 뽀또쯔까야에 관한 전설을 시인에게 이야기해준다. 그녀는 칸의 하렘에 있게 되고 끄림 지역의 칸은 그녀를 사랑하게 된다. 바흐치사라이 궁전의 분수에 관하여 뿌쉬낀은 "예까쩨리나는 분수를 눈물이라 부르며 시적으로 묘사했다. 궁전으로 들어갔고 못쓰게 된 분수를 보았다. 녹슨 철관을 통해 물이 방울져 떨어지고 있었다. 라예프스씨는 반강세로 하렘의 폐허너비와 칸의 묘비로 이어지는 낡은 계단으로 나를 끌고 갔다."라고 쓰고 있다.

　　서사시 『바흐치사라이의 분수』(1822)는 바이런 풍으로 쓰였다. 끄림의 칸 기레이는 아름다운 포로 마리야에게 반하고 자신의 아내, 자레마에게는 냉담해진다. 질투심으로 찢어지는 가슴을 부여잡고 자레마는 인적 없는 한밤중에 아무도 모르게 마리야 앞에 나타나 기레이의 마음을 자신에게 돌려줄 것을 간청한다. 그녀는 자신의 열정적 사랑을 이야기하며 가혹한 복수를 예고한다. 이후 마리야의 죽음, 자레마의 사형 그리고 실의에 빠진 기레이의 흉포함이 비밀스런 어둠속에서 뒤엉킨다. 좌절한 칸은 따따르인 보다는 바이런의 해적과 더 가깝다. 마리야와 자레마는 매도라와 귈나라의 친자매처럼 보인다. 뿌쉬낀은 "『바흐치사라이의 분수』는 『까프까즈의 포로』보다 미숙할 뿐만 아니라 바이런의 작품을 읽는 것 같은 느낌을 준다. 이러한 사실이 나를 미치게 한다. 그래도 마리야와 자레마가 만나는 장면은 극적인 장점을 가지고 있다" 라고 고백한다. 아무리 서사시가 멜로드라마 같고, 아무리 절망한 칸이

　　숙명적인 혈전에서
　　칼을 높이 쳐들었다가
　　돌연 손을 저으며 우뚝 서곤

하는 모습이 코믹할 지라도 이 작품은 여전히 매혹적이다. 그의 시는 유연하면서도 강해져있다. 조화로운 음과 운속에 촉촉한 수분이 느껴진다. '눈물의 분수' 줄기가 솟구쳤다가, 이내 낙하하는 흐름처럼 소리는 청명하게 울려 퍼진다. 이 시가 선보인 가라앉음과 지쳐버림 속에 깃든 청량함이 배어나는 멜로디를 이제껏 러시아에서 볼 수는 없었다. 서사시의 마지막 구절들에는 마력이 가득하다.

신비한 나라! 황홀한 정경!
그곳엔 모든 것이 살아 있다
언덕, 수림, 진주와 호박 같은 포도송이
골짜기의 쾌적한 비경
시냇물과 서늘한 백양나무 그늘……
평화로운 아침녘
해변 길 따라
길들은 말 산중을 달리고
눈앞에서 에메랄드 빛 파도가
아유다그의 벼랑을 휘감아
번쩍이며 출렁일 때
나그네의 감흥을 유혹한다……

까프까즈의 낭만적 형상을 창조해 낸 뿌쉬낀은 이제 또 다른 이국적 전설 – '달콤한 따브리다'를 일궈낸다. 이곳은 월계수 그늘아래 펼쳐진 장미꽃밭위로 종달새가 우짖는 곳이고, 하렘의 분수들이 용솟음 치는 곳이며, 달빛 아래 좁은 길을 따라 걷고 있는 동양의 미녀들이 두른 하얀 차도르가 아른거리는 곳이고, 구르주프의 절벽 가에서 에메랄드 빛 파도가 출렁거리는 곳이나.

서사시 『집시』(1824)는 뿌쉬낀 자신의 경험담을 각색화한 것이다. 시인은 이틀 동안 집시무리와 함께 부잔스끼 스텝에 머물면서 스스로 알레꼬 역할을 하며 태평하고 유순한 젬피라에게 짧게나마 마음을 뺏긴다. 다행히도 현실에서는 이 모험이 서사시에서처럼 비극으로 끝나지는 않는다. '저주받은 도시' 끼쉬뇨프에서 떠나고 싶고, 니조프의 따분한 문서들 틈에서 벗어나기 위해서 잠시라도 뿌쉬낀은 집시들과의 자유로운 방랑생활을 누리며 기뻐해야만 했다. 젬피라는 알레꼬를 스텝에서 발견하고 아버지가 있는 집시 야영지로 데려간다. 늙은 집시는 손님을 반갑게 맞이하며 서로 사랑한다면 함께 살아도 무방하다고 말한다. 알레꼬는 낮에는 곰을 데리고 다니고 밤에는 젬피라의 천막에서 시간을 보내며 행복해한다. '가난한 방랑생활' 과 자유로움이 그를 만족시킨다. 알레꼬에게 고함소리, 소란스러움, 집시의 노래, 곰의 울부짖는 소리, 누더기 옷, 벌거숭이 아이들, 개 짖는 소리, 풍적 소리, 짐마차 삐걱대는 소리는 정겨울 따름이다. 하지만 젬피라는 변덕스럽고 열정적인 여인인지라 곧 그녀가 부르는 사랑노래의 대상이 바뀐다.

늙은 남편, 무서운 남편
나를 찌르고 태우네.

내 마음 확고하여

칼도 불도 무섭지 않네.

질투심에 휩싸인 알레꼬는 무덤가에서 젊은 집시 품에 안겨 있는 젬피라를 찾아낸다. 그는 사랑의 배신자와 연적을 살해한다. 노인은 알레꼬에게 무리를 떠나라고 명령한다.

오만한 자여, 우릴 떠나라.

우리는 미개하여 법률을 모르고

〈……〉

그러나 살인자와 사는 건 원치 않네.

그렇게 무리는 멀리 사라진다. 무리에서 떨어진 상처 입은 학처럼 피투성이가 된 알레꼬는 홀로 남게 된다.

알레꼬는 완벽한 바이런풍의 인물이다. 그의 영혼은 "열정으로 가득 차 있고", "사회적인 법질서가 그를 괴롭힌다." 과거에 그가 어떻게 살았는지, 어디서 왔는지는 아무도 모른다. 다만 그는 거처 없는 방랑자이며 "숨 막히는 도시의 속박"과 "학문의 덧없는 공허함"을 증오하는 인물이라는 것만 알 수 있다. 르네 샤토브리앙[18]처럼 그는 문명에 염증을 느끼고 단순함을 동경한다. 그의 자존적 성격은 '문명교육의 굴

---

18) 프랑스의 작가 F.A.R.샤토브리앙의 소설 『르네』속의 주인공. 소설 『르네』는 당초 『그리스도교의 정수(精髓)』제2부에 편입된 에피소드였으나 1805년에 분리, 르네 샤토브리앙의 출세작인 『아탈라(Atala)』의 자매편으로 출간되었다.

레'와 밀접한 관계가 있다. 그는 사회에 대항하고자 한다. 그는 자유로운 비문명인이 되고 싶어 하며 돈과 편견의 노예로 남고 싶지 아니한다. 바이런 작품 속의 주인공들이 지닌 방자함과 저항심이 뿌쉬낀의 반항아를 사로잡지만 그리 오래 가지는 못한다. 곧 낭만석 표피 밑에 숨어 있는 '가망 없는 이기심', 자만심, 지나친 자존심, 타인에 대한 경멸 등의 특징들이 드러난다. 알레꼬는 집시들의 자유로운 성정을 좋아하나, 그것은 그들이 자신의 이익을 건드리지 않았을 경우만이다. 알레꼬는 젬피라가 자신에게 주었던 자유로운 사랑을 앗아가자마자 악의와 질투로 점철된 흉포한 인간이 된다.

아니, 시비도 가리지 않고
제 권리를 포기하진 않을 겁니다!
복수를 해서라도 분을 풀 겁니다.

그는 사회의 모든 법질서를 거부하고 자신의 권리만 생각하며 자유를 찾으나 결국 범죄를 저지른다.

유화하고 현명한 늙은 집시는 '최신 유행을 쫓는 이'의 본래의 정체를 폭로한다. 그는 '오만한 인간'을 쫓아내며 말한다.

너는 미개한 운명 타고나지 않았고
자신의 자유만을 원할 뿐이니
네 목소리 우릴 두렵게 하리라,

우린 약하고 착한 사람들,

그러나 너는 사악하고 대담하니 우릴 떠나라.

늙은 집시의 입을 빌려 민중이 이야기한다. 노인은 공동체 정신의
대표자인 것이다. 고대 비극에서처럼 코러스의 지휘자가 신들에 대항
하는 반항적이고 비극적인 주인공과 대립한다. 개인숭배와 자만심이
공동체 정신인 사랑 그리고 겸손과 충돌한다. 그러나 뿌쉬낀은 알레꼬
를 비판하면서도 반대편 극단으로 치닫지는 않는다. 그는 공상가 루소
만큼 '자연의 사람들'을 이상화하며 경복(敬服)하지는 않는다. 늙은 집
시의 아내 마리울라와 딸 젬피라의 변덕스런 사랑과 변절은 인간관계
의 이상적인 모습이라고 할 수는 없다. 진지하고 명료한 뿌쉬낀은 낭만
적 이상을 찾지는 않는다. 야만성속의 '천국'은 단지 상상이라는 것을
그는 잘 알고 있기 때문이다. 에필로그에서 시인은 이렇게 쓴다.

그러나 그대들 사이에도 행복은 없구나,

자연의 가없은 아들들이여 !

낡아빠진 천막 아래는

괴로운 꿈만이 깃들여 있구나.

그대들 유랑의 천막은

황야에서도 재난을 막아 주지 못했으니

운명적인 정열은 어디에나 있고

운명을 막을 길은 아무데도 없구나.

1824년 8월에 뿌쉬낀은 미하일로프스꼬예 셀로에 도착한다. 그는 아버지와 싸우게 되고 모든 가족은 모스끄바로 떠나버린나. 시인은 유모와 단 둘이 남게 된다. 그는 친구들에게 자신이 느끼는 '미칠 듯한 우울함'을 편지로 써 보낸다. 하지만 차츰 시인은 따분하고 조용한 시골의 삶에 익숙해진다. 그는 동생에게 편지를 쓴다. "아침나절에 이런저런 메모를 하다가 늦은 점심을 먹은 후 말을 타고 저녁에는 이야기를 들어, 이 이야기들이 내가 받은 불충분한 교육을 보충하고 있어. 정말로 끝내주는 이야기들이야. 모두 다 서사시 그 자체라니까!"

그는 민중의 혼과 호흡하며 스스로 러시아인임을 느끼고 싶어 했다. 시인은 축제 때마다 마을을 구석구석 돌아다니며 슬라브 민요에 귀를 기울이고 마을의 사제에게 농민들이 즐겨 쓰는 속담과 경구에 관하여 자세하게 물어보았다. 해마다 정기시장이 서는 동안에 그는 스뱌또고르 수도원을 방문하여 거지들이 부르는 나자로, 신인 알렉세이, 대천사 미하일, 최후의 심판 등에 관한 노래를 오랫동안 들었다. 이러한 '민중과의 소통'을 위하여 그는 꽤나 기이한 차림새("빨간 루바슈까와 가죽혁대,통이 넓은 바지와 흰색의 짚으로 엮은 모자, 쇠 지팡이")를 했다. 그는 스쩬까 라진에 관한 민중가요를 적어두고는 능숙하게 따라 하기도 하였다.

아침마다 시인은 열심히 작업을 하였고 셰익스피어를 읽어 내려갔다. 새로운 세계가 펼쳐졌고 바이런의 개인적 시풍이 뿌쉬낀의 내면에서 시들어갔다. 그는 "비극 장르를 볼 때 셰익스피어 앞에서 바이런은 얼마나 변변치 않은가. 바이런은 스스로의 성격적 특징을 등장인물들에게 나누어 준 것 말고는 전혀 다른 인물을 창조해내지 못했다"라고 말한다. 생동감 넘치는 삶, 투쟁, 정열, 개성 있고 강한 인물이 넘쳐나는 셰익스피어의 역사극은 뿌쉬낀이 러시아의 역사적인 비극을 쓰도록 몰아갔다. 뿌쉬낀은 "도대체 셰익스피어란 사람 덕분에 정신을 차릴 수가 없다"라고 소리높이여 말한다.

1824년에 까람진은 보리스 고두노프 시대와 혼란기를 다룬 『러시아 국가의 역사』 X 과 XI 권을 출간한다. 살인자, 현명한 통치자이자 야심가, 권력을 잡기위해 범죄를 저지르는 인물인 고두노프의 형상은 뿌쉬낀에게 셰익스피어식의 주인공으로서 손색이 없어 보였다. 뿌쉬낀은 고두노프에게서 맥베드의 음울한 위대함을 보았고, 러시아의 암흑기 역시 셰익스피어의 역사극만큼이나 극적이라고 여겼다.

뿌쉬낀은 고전 드라마의 형식을 발전시켜 낭만적 비극을 창조해낸다. 삼일치의 원칙을 깬 사건은 7년이라는 기간 동안 발생하고 모스끄바에서 폴란드로, 끄레믈에서 추도프 수도원의 승방으로, 리투아니아 국경 지대의 선술집으로, 군사령관 므니셰끄가 있는 성으로, 북 노브고로드 근처의 평원으로 넘나들며 발생한다. 뿌쉬낀은 5막의 원칙, 알렉산더격[19] 시행, '고상한 문체' 대신에 25막의 다양한 장면, 5운각 얌브 그리고 비극과 희극의 혼합을 보여준다.

뿌쉬낀이 쓴 메모에는 다음처럼 쓰여 있다. "셰익스피어와 까람진

---

19) alexandrine 운문 형식. 프랑스 시의 주된 운율.

그리고 러시아의 연대기를 통해 나는 우리나라의 가장 드라마틱한 시대 중 하나를 극적형태로 표현해 낼 수 있었다. 셰익스피어는 내가 자유롭고 폭넓게 인물을 묘사할 수 있게 하였을 뿐만 아니라 독특하고 간명한 인물유형을 구성하는 데 도움을 주었다. 까람진에게서 나는 사건의 전개방향을 배울 수 있었고, 연대기는 당시의 사고와 언어 사용 모습을 읽을 수 있게 해 주었다."

뿌쉬낀은 정열적으로 작품을 완성하였다. 그의 재능은 더욱 무르익었다. 민중과 함께하며 러시아의 과거를 그려낸 뿌쉬낀은 이미 민족시인이었다. 그는 친구들에게 다음과 같이 편지를 쓴다. "나는 만족한다, 그리고 나의 영혼이 충만한 느낌을 받는다. 나는 뭐든지 써낼 수 있을 것 같다."『보리스 고두노프』(1825)는 양심의 테마를 다룬 비극이다. 보리스는 '강력한 혼을 가지고' '명철한 이성'을 지닌 무한한 에너지의 소유자이다. 그는 '선하고 경건한' "민중을 풍요와 영광으로 달래주는" 짜르가 되고 싶어 한다. 그는 지혜로운 통치자이자 자상한 아버지이다. 죽기 직전 그는 참회를 하기 보다는 아들과 이야기를 나눈다. 왜냐하면 보리스는 자신의 영혼이 구제받는 것보다 아들이 더 귀하다고 여기기 때문이다. 그는 민중의 사랑을 "자비로서 얻어낼 수 있다"라고 생각했고 대귀족에게서 지지를 받고 가족에게서 위안을 얻으려 했으나 모두 소용없는 일이었다. 막연한 불만, 불신, 적의가 눈덩이 불듯 그의 왕좌를 에워싸며 커져갔다. 보리스는 안락과 평온을 찾을 수 없었고, 어떠한 영예와 선행으로도 씻을 수 없는 악행의 기억이 그의 마음 속 깊숙이 자리 잡고 있었다. 보리스는 제왕의 기풍을 가지고 태어났으나 왕좌의 적통을 잇는 황태자 드미뜨리가 방해가 되었다. 그는 황태자를 제거하기로 결심한다. 그가 이루려고 하는 위대하고 영광스러운 치세와 비교하였을 때 병든 아이의 목숨은 얼마만한 가치를 지닌 것인가? 과연 러시아를 강대하게 하고 백성을 행복하게 만드는 것으로 죄가 사라지는

것인가? 결국 모든 것은 파멸로 이어진다. 보리스는 외적을 물리쳐내고 내부의 반란을 진압해내며 자연재해 ― 화재와 기아― 와 싸워내지만 양심의 오점은 그를 무력하게 만든다. 저 유명한 독백 "최고의 권력을 손에 쥐고"에서 고두노프는 자신의 패배를 인정한다.

아, 이 속세의 슬픔 속에서 우릴

위로해 줄 수 있는 건 아무것도 없다,

아무것도, 아무것도 …… 오직 하나, 양심 말고는.

깨끗한 양심은 악을 이기고

어두운 비방을 이긴다.

그러나 만일 하나의 오점이라도

딱 하나의 오점이라도 어쩌다 생겼다면

그때는 파멸이다! 마치 흑사병에 전염된 것처럼

영혼은 활활 타고 심장에는 독이 스며들고

비방 소리 망치처럼 귓전을 때리고

언제나 속이 메슥거리고 어질어질하고

눈앞에는 피투성이 어린아이가 ……

도망치고 싶다, 그러나 갈 데가 없다 …… 무섭다!

그래, 양심이 깨끗하지 못한 자는 정말 불쌍한 인간이다.

연대기 편자 삐멘은 어두운 수도원의 방에서 드미뜨리 살해에 대해 쓴다. 신의 은총으로 영감을 받은 그는 보리스의 죄악이 바로 러시아의 모든 백성들의 죄와 다름 아니라는 것을 느낀다. 민중의 양심은 신의 심판이다. 바로 이 심판을 보리스는 벗어나지 못한다. 백성은 짜르의 죄로 인하여 고통을 받는다. 살해된 어린아이의 그늘은 육으로 변하고 영이 되살아난다. 민중은 어렴풋이 신에 의해 파견된 복수자의 혼을 느끼고 그 뒤를 따른다. 경박하고 방탕한 수도승 그리쉬까 오뜨레삐예프는 무력하고 하찮은 인간이나 신의 무기가 되어 양심을 잃은 짜르의 예복을 찢어 버린다.

뿌쉬낀 드라마의 종교적 의미는 위와 같다. 삐멘같은 이가 지니고 있는 민중의 진리는 권세자의 오만함을 이겨낸다. "민중은 침묵하지만", 그 속에서 신이 드러나고 있다. 역사는 신의 심판이다. 참칭자는 보리스를 다음과 같이 위협한다.

하느님의 심판을 피할 수 없듯이
세상의 심판도 피할 수 없을 것이다.

* * *

미하일로프스꼬예에서 뿌쉬낀은 많은 서정시를 쓴다. 『겨울밤』에
쓰여 있듯

거센 바람 눈보라 일으켜
하늘을 희뿌옇게 뒤덮을 때

시인은 낡고 작은 집에서 늙은 유모와 함께 긴긴 겨울밤을 보낸다.
윙윙대며 부는 바람, 윙윙대며 돌아가는 물레소리, 유모의 노랫소리,
모든 것이 "어둡고 쓸쓸하다."

내 불행한 청춘의
선량한 벗이여, 마십시다.
위로의 술 마십시다, 잔은 어디 두셨나?
마시면 한결 즐거워지리다.

시인은 미하일로프스꼬예에 있으면서 리쩨이 개교기념일인 10월
19일을 축하하며 친구들, 주연, 공상, 시를 떠올리고 뮤즈와 운명으로

맺어진 형제 뀨헬베께르를 부른다. 그리고

폭풍 같던 까프까즈의 세월을,
실러[20]와 명예와 사랑을 함께 이야기한다.

그는 더 이상 유형을 견뎌낼 힘이 남아있지 않았다. 그는 파리나 런던 같은 외국으로 떠날 계획을 진지하게 고려했고, 친구들은 은총을 잃은 시인의 사면을 위해 동분서주하였다. 그 무렵 알렉산드르 I세가 세상을 떠났고 새로운 짜르 니꼴라이 I세가 자신의 대관식에 참여할 수 있도록 뿌쉬낀이 모스끄바로 오는 것을 허락하였다. 짜르와의 만남에 대해 뿌쉬낀은 다음과 같이 말한다. "전령이 유배된 나를 끄집어 내 바로 끄레믈로 데려갔다. 여행 때문에 너저분해진 나는 바로 황제의 집무실로 가게 되었다..... 황제는 "이제 충분히 바보짓을 했으니 좀 더 신중하게 처신하여 더 이상 싸우는 일이 없도록 하자"라고 하였다."

마지막으로 짜르는 이제부터 자신이 뿌쉬낀의 검열을 하겠다고 공언한다. 이 은총은 곧 뿌쉬낀이 모욕과 비하를 느끼게 하는 근본원인이 되고 만다. 짜르는 삼부(비밀경찰)의 수장 벤껜도르프에게 검열을 위임하게 되고, 말도 안 되는 생트집, 질책, 의심으로 시인을 괴롭힌다.

모스끄바는 뿌쉬낀을 열렬히 환영한다. 그가 극장에 나타나면 "순식간에 극장 안은 그의 이름을 연호하는 소리로 메워졌고 모든 시선과

---

20) 실러(1759-1805) 독일의 뛰어난 극작가 · 시인 · 문학이론가. 『군도(群盜)』(1781) · 『발렌슈타인』(3부작, 1800~01) · 『마리아 슈투아르트』(1801) · 『빌헬름 텔』(1804)과 같은 희곡으로 가장 많이 알려져 있다.

주의가 집중되었다. 뿌쉬낀이 극장에서 떠날 때면 많은 인파가 그의 주위로 몰려들었고, 미처 가까이 다가가지 못한 사람들은 부드러운 털로 만든 모자를 쓴 그를 가리켰다." 뽀고진은 뿌쉬낀이 『보리스 고두노프』를 낭독하였을 때의 느낌을 이렇게 전하고 있다. "우리 모두는 인사불성이 된 느낌이었다. 어떤 이는 불구덩이에 들어간 것 같은 열기를 느꼈고, 또 어떤 이는 오한을 느꼈다. 낭독이 모두 끝난 후, 우리는 서로서로를 한참동안 바라보다가 뿌쉬낀에게 달려들었다. 포옹을 하고 웃고 우는 등 한참 소동을 피우다가 축하의 말을 건넸다."

영예, 자유, 사교계에서의 큰 반향 등의 경험을 겪던 뿌쉬낀은 갑자기 쓸쓸해졌다. 그는 이 시기에 무도회에서 춤을 추고, 여성의 뒤꽁무니를 쫓아다니고, 카드놀이를 하고, 술판을 벌이는 등 가장 혼란스런 삶을 이어간다. 하지만 "그의 내면에는 우울한 불안감과 영혼의 균열이 자리 잡아 갔고, 시인은 점점 지쳐갔다." 시인의 자유로운 천재성을 옭매는 벤껜도르프의 검열만이 시인을 힘들게 한 것은 아니었다. 뿌쉬낀은 이즘에 정신적인 위기를 겪고 있었다. 자신의 생일인 6월 6일에 시인은 음울한 시 한편을 써내려간다.

재능은 아무 소용없구나, 재능은 우연한 것이구나,
삶이여 너는 왜 나에게 왔는가.

『회상』에서 뿌쉬낀은 불면의 고통스런 시간과 '가슴속의 뱀' 같은 회환에 대해 말한다.

회상이 내 앞에 말없이
길고 긴 두루마리 펼칠 때
나는 혐오감에 휩싸여 내 인생을 읽고
몸서리치며 자신을 저주한다.
통한의 말 내뱉으며 쓰디쓴 눈물 흘리지만
그 슬픈 구절 한 줄도 씻어 내지 못한다.

죽음에 대한 생각 역시 집요하게 시인을 따라다녔다. 『스딴스』에서
뿌쉬낀은 죽음에 관해 운명에게 질문한다. 소란스러운 거리에서, 많은
사람이 북적대는 사원에서, 연회에서 그리고 자연 속에서

매일, 매 시간마다
근심을 배웅하는 것에 익숙해진 나는
미래의 제일(祭日)을
알아내려고 노력한다.

이러한 위기를 겪고 있던 시기에 시인은 많은 작품을 생산해내지
못한다. 간신히 『오네긴』을 이어갔고 서사시 『뽈따바』를 창작해 냈을
뿐이다.

뿌쉬낀은 르일레프의 서사시 『바이나로프스끼』를 읽게 된다. 시베
리아에서 까자흐의 수장 마제빠 바이나로프스끼의 조카가 어떤 러시아
학자에게 뽈따바 전투 후에 자신과 마제빠의 도주에 관한 이야기를 한

다. 서사시의 두 구절이 시인에게 깊은 감명을 준다.

　　수난자 꼬추베이의 아내

　　그리고 그의 꾐에 빠진 딸

　　뿌쉬낀은 며칠 동안 서사시『뽈따바』를 집필한다(1828). 간교하고 야심만만하며 사악한 마제빠는 뾰뜨르 I세에게 받은 치욕을 되갚고자 적국인 스웨덴의 국왕 카알 XII세에게 동조하나 전쟁에 패하자 스웨덴의 왕과 함께 베사라비아로 도주한다. 마제빠는 자신의 친구인 꼬추베이의 딸을 유혹하였고 꼬추베이는 마제빠의 변절에 관해서 뾰뜨르에게 밀고한다. 그러나 마제빠의 감언에 속은 짜르는 꼬추베이의 머리를 마제빠에게 맡긴다. 자기가 사랑하는 사람을 위하여 집을 떠났던 마리야는 자신의 아버지가 사형선고를 받은 것을 알지 못한다. 그녀의 어머니는 마리야를 찾아가 아버지를 구해달라고 간청한다. 두 여인이 사형장에 도착했을 땐 이미 꼬추베이의 목이 잘린 후였다. 불행한 마리야는 미쳐버린다. 마제빠가 한밤중에 숲에서 마리야를 만나나 그녀는 그를 알아보지 못한다.

　　이 서사시의 극적 구성요소는 낭만주의적 연애소설의 구성요소들과 맥을 같이한다. 뿌쉬낀은 대녀(代女)의 대부(代父)에 대한 금기적 사랑, 배신, 복수, 고문실, 쇠사슬, 사형, 반란, 전투, 광기 등을 역사적 배경 위에 놓는다. 뾰뜨르의 행적과 함께 러시아는 결정적 시기를 맞는다. 뽈따바 전투는 '위대한 북방제국'의 운명을 결정하는 중요한 접전이었고, 이 전투 장면 묘사는 선문집에 필적할 만큼 내용이 풍부하다. 자신의 안일과 영예만을 생각하는 이기적이고 공명심이 강한 마제빠는 치욕스럽게 파멸한다. 러시아를 위해 희생하고, 러시아의 위대한 미래를 믿는 "하늘의 영감을 받은" 뾰뜨르는 "웅장한 기념비"를 스스로 건립한다. 러시아의 비밀스러운 운명의 총화이자 강력하고 무시무시한 인물인 뾰뜨르는 뿌쉬낀의 마음을 끈다. 시인은 짜르의 얼굴을 보며 생각한다.

> 두 눈은 광휘로 빛나고
> 얼굴은 무시무시하고, 거동은 민첩하니
> 그 모습 뇌우의 신처럼 장려하다.

신의 섭리는 역사속의 위대한 인물들을 통하여 이루어지고 그들의 행적은 사람들의 기억 속에 영원히 남는다. 나머지 '힘세고 당당한 용사들'은 잊혀져 버린다.

> 그들의 시대는 지나갔다.
> 그리고 더불어 사라졌다
> 분투와 환난과 승리의 핏빛 흔적도.

1829년에 뿌쉬낀은 터키와 전쟁이 한창중인 자까프까지예로 떠난다. 여기서 그는 실전 배치된 부대를 따라다니며 많은 위험을 감수한다. 아르주름이 점령된 후, 그는 까프까즈의 온천을 방문한다. 후에 그는 『아르주름 여행기』에서 자신의 감상을 이야기한다. 러시아로 돌아온 뿌쉬낀은 16살의 모스끄바 미녀 나딸리아 니꼴라예브나 곤차로바에게 구혼한다. 1830년 가을에는 복잡한 문제들을 결혼 전에 정리하기 위하여 아버지의 영지인 볼지노로 향한

1830년의 뿌쉬낀

다. 그런데 당시 창궐한 콜레라 때문에 모스끄바와의 연락이 두절되었고 그 해 가을 내내 시인은 볼지노에 머물게 된다.

볼지노에서 시인은 모스끄바도, 돈 문제도, 벤껜도르프의 박해도 그리고 심지어 자신의 약혼녀도 잊은 평안한 상태에서 많은 시적 영감을 얻게 된다. 뿌쉬낀은 쁠레뜨네프에게 "너는 약혼녀와 떨어져 있다는 것이 얼마나 즐거운지 상상도 못할 거야, 그리고 시를 쓸 수 있는 충분한 시간이 있다는 것을... 오랫동안 쓰지 못했던 것들을 볼지노에서 썼어. 오네긴의 마지막 두 장, 8행시로 된 소설(꼴롬나의 작은 집), 인색한 기사, 모차르트와 살리에리, 역병 기간 중의 향연, 돈 주앙 그리고 약 30편의 단시 등이야. 이게 다가 아냐. 다섯 편의 단편을 썼어(『벨낀 이야기』)." 라고 편지를 보낸다.

마치 뿌쉬낀이 쓴 시의 내용처럼 폭풍 같은 영감이 그의 내부에 타오른다.

그러나 신의 어휘가
시인의 예민한 귀에 닿기만 하면
그의 영혼 잠에서 깨어난 독수리처럼
힘차게 날개를 퍼덕이네.

볼지노의 가을 동안 시인은 운문소설『예브게니 오네긴』의 집필을 마친다. 1823년 끼쉬뇨프에서 시작된 이 작품은 오랜 친구처럼 시인과 여정을 같이한다. 뿌쉬낀은『예브게니 오네긴』을 오데사, 미하일로프스꼬예 그리고 뻬쩨르부르그를 거치는 동안 써내려갔다.

시인의 운명, 그의 정신적이고 시적인 발전, 희로애락 등 모든 것이 이 '다채로운 장(章)의 모음' 속에 녹아들어있을 뿐만 아니라, 소재의 다양함에도 불구하고 서사시는 하나로서 완성되어 있다. 리듬과 소리로 빚어지는 강력한 서정적 선율은 다양한 요소들을 통합시킨다. 시인은 우리에게 모든 것을 이야기한다. 환멸을 느낀 주인공의 상류생활에 대해서, 오네긴을 사랑했으나 거부당한 후, 사랑하지 않는 남자와 일생을 보낼 수밖에 없는 '사랑스런 따냐'의 서글픈 운명에 대해서, 결투에서 친구의 손에 죽게 되는 어깨까지 닿는 검은 곱슬머리를 지닌 영감에 찬 시인 렌스끼에 대하여, 약혼자인 렌스끼의 죽음 이후 곧 안정을 찾는 금발의 올가에 대해서, 머리에 수건을 쓰고 긴 누비옷을 입은 유모에 대해서. 우리는 이 모든 것 속에서 시인의 목소리와 심장의 울림을 듣는다. 서사시는 작가의 개성처럼, 작가의 영혼처럼 단일하다. 『오네긴』만큼 명료한 조화, 온화한 사랑, 악의 없는 풍자, 깊은 슬픔이 충만한 혼이 담겨있는 작품은 많지 않다.

뿌쉬낀은 자신과 자신의 삶, 자신의 감성, 자신의 기억, 자신의 염원에 대해 이야기한다. 그의 영혼은 "두근거리고 떨린다". 이러한 시적 파동은 조그맣게 드리워진 그늘이 점점 커지듯 형상으로 살아나서 충실해지나, 결코 서정적 선율의 원천과 결별하지 않는다.

오네긴은 물론 뿌쉬낀이 아니다. 그에게는 자신만의 운명과 성격과 특성이 있다. 하지만 오네긴이 저자와 가까워질수록 우리는 창조자와 피조물을 나누는 모든 특징을 잊게 된다. 그는 시인의 '좋은 친구'이다. 그 역시 "본능적으로 꿈을 쫓고", "흉내 낼 수 없는 기이함"을 가진 "혈기왕성한 장난꾸러기"인 "8살짜리 철학자"이다. 1819년 시인이 상류사회의 삶에 탐닉할 때 오네긴도 작가를 따라 극장, 레스토랑, 총각들의 술자리, 무도회, 대규모 연회를 돌아다닌다. 뿌쉬낀처럼 오네긴도 우울증에 시달리고, 차일드 해럴드를 따라하고, 악의적 풍자시를 짓는다. 또한 시골의 무료한 생활을 견디며 소설을 읽고 말을 탄다. 서정적 소설에서 주인공은 완전히 객관화되지는 않는다. 뿌쉬낀은 오네긴에게 자신의 염원, 사고, 자신의 '시적 열망'을 이입한다. 작가는 오네긴이 시인이 아니라 그저 유행을 따르는 사교계의 사이비 신사라는 것을 종종 잊어버린다. 네바 강위의 하늘이 밝게 빛나고 달이 수면에 비칠 때 시인과 그의 주인공, 두 친구는 함께 꿈을 꾼다.

지난날의 로맨스와

사랑을 기억하며

다감하고 태평한 우리는

복 받은 밤의 숨결을

소리 없이 흠뻑 들이키네.

밤마다 오네긴은 교과서에서 이야기되어지는 "불완전한 형상의 전형적인 대표"라는 마스크를 벗어버리고 강변에 놓여있는 화강암까지 그림자를 길게 드리우는 시인의 모습이 되는 것처럼 보인다. 바로 이점이 뿌쉬낀이 오네긴의 삶을 그리면서 자신의 개인적인 고백, 자신의 운명에 대한 고찰, 그리고 과거의 로맨스에 대해 편하게 이야기할 수 있게끔 한다. 이것은 교과서에서 이야기되어지듯 전혀 '사족'이라고 할 수 없으며, 이러한 서정적 흐름은 작가에 의해 창조된 세계로부터 작가 자신의 내면세계까지 자유롭게 옮겨진다.

따찌아나의 형상과 뿌쉬낀의 영혼은 불가분의 관계이다. 뿌쉬낀은 자신의 '소중한 이상'을 이루는 데 함께 할 정도로 여주인공 따찌아나를 사랑한다. 작가는 "두 눈에 슬픈 생각을 머금으며 두 손에 프랑스 책자를 들고 있는 시골의 귀족아가씨"를 감동 없이 바라볼 수 없다. 그는 그녀의 운명을 걱정하며 눈물을 흘리고 그녀의 아름다운 영혼에 매혹된다. 뿌쉬낀은 사랑, 순수, 여성성에 대한 염원, 절망의 고통, 희미하게 사라진 행복의 기억, 아름다운 것을 향한 억제하기 힘든 열망 등을 자신의 심장을 뚫고 나온 이 여인에게 아로새긴다. 시인의 정열과 열망

이 휘몰아치는 바다로부터 시
라는 "마술의 수정구"를 통해
따찌아나는 "순결한 매력과
고결한 형상"을 지닌 이상의
총화로 발현된다. 모든 감정
은 보이지 않는 실체를 내포
하고 있다고 심리학은 가르친
다. 시인의 감정은 생동감을
주는 인간 속에서 구현된다.
그렇게 뿌쉬낀의 문학적 노정
속의 일부인 렌스끼의 형상이
드러난다.

뿌쉬낀이 그린 예브게니 오네긴

우리가 말하는 낭만주의는
그렇게 애매하고 희미하게 쓰는 것.

뿌쉬낀은 리쩨이 시절 자신의 미숙한 낭만주의적 경향을 풍자한다.

그는 이별과 슬픔을
그 무엇인가, 안개 낀 먼 곳을 노래했다.
　　　……
삶의 빛바랜 색채를 노래했다,

열여덟도 채 안 된 나이에.

시인은 예술적 재현 속에서 자신의 형상, 자신의 '잃어버린 젊음', 자신의 깨어진 꿈, 되돌아오지 않는 모든 것, 흔적 없이 사라진 모든 것을 바라본다. 시의 구절들은 삶의 의미, 무상함과 깨어진 삶에 대해 이야기한다. 지나간 모든 것은 되돌릴 수 없다. 오네긴은 시간을 멈추게 하여 과거의 그가 따찌아나에게

도덕적 열정으로
교훈을 이야기 하던

시절로 되돌리려고 한다.

그러나 그 시절의 따찌아나는 이제 존재하지 않는다. 이 무도회의 새롭게 빛나는 여주인공은 침착하고 평온하게 오네긴의 눈물과 간청에 대답한다.

저는 다른 사람에게 주어졌습니다.
저는 한평생 그에게 충실할 것입니다.

이렇게 소설은 갑자기 중단되나 본질적으로 종결된 것이다. 이후에 오네긴이 어떻게 되는지를 알아야 할 이유가 있는가? 그는 자신의

삶에 실패했다. 생은 항상 패배로 끝난다. 적시에 삶의 유희를 떠날 수 있는 자만이 행복한 사람이다.

포도주 가득 찬 술잔 끝까지 마시지 않은 채
삶의 축제 일찌감치 끝내고
떠난 사람은 축복받은 자.
삶의 소설을 끝까지 읽지 않고
내가 나의 오네긴과 그런 것처럼 갑자기
소설과 작별할 수 있는 사람은 축복 받은 자.

인생에서 소멸되는 모든 것들이 불멸의 아름다움인 예술 속에서 부활한다. 바로 여기에 뿌쉬낀의 슬픔이 밝은 이유가, 그의 기진맥진한 영혼 속에서 기쁨을 느낄 수 있는 이유가 있는 것이다.

볼지노에서 그는 엘레지 "철없는 시절의 다 타버린 즐거움"을 쓴다. 이 시에서 뿌쉬낀은 슬픔, 노동 그리고 고뇌를 불평하고는 소리 높여 말한다.

오, 벗들이여, 그러나 나는 죽고 싶지 않다
살아서 생각하고 고통당하고 싶다
슬픔과 근심과 걱정 속에
즐거움 또한 있으리라는 것을 알기에.
때론 또다시 조화로움에 도취되고

공상의 산물에 눈물 흘리며
그리고 누가 알랴, 내 슬픈 황혼에
사랑이 이별의 미소로 반짝일지도.

* * *

뿌쉬낀은 '극적 장면들'에서 극도로 압축된 형식으로 예술적으로
완성되고 철학적으로 심오한 형상을 창조해낸다. 『인색한 기사』는 파
괴적인 자연력과 비교될 만한 치명적 열정의 상징인 돈에 대한 욕망을
그린 서사시이다. 『모차르트와 살리에리』는 질투심에 가득 찬 평범한
살리에리의 손에 죽어가는 게으른 도락가이자 천재, 모차르트의 죽음
에 관한 비극이다. 『석상 방문객』은 '부드러운 열정'의 대가인 돈 주앙
이 운명에 오만한 도전을 하다 자신이 죽인 기사단장의 "석상의 오른
손"에 의해 파멸하는 내용을 그린 서사시이다. 『역병기간중의 향연』에
서 우두머리는 역병을 찬미한다.

무서운 전투와
암울한 심연의 극한 속에서도
분노한 대양
흉포한 바다와 사나운 어둠에도
아라비아 태풍에도
역병님의 행차에도 환희는 있게 마련.

이 시행은 뿌쉬낀의 천재적인 창작 중 하나라고 할 수 있다.

* * *

볼지노에서 모스끄바로 돌아온 시인은 1831년 2월 18일에 곤차로 바와 결혼을 하고 고문서국에서 뾰뜨르 대제의 역사에 관한 글을 쓰기 위해 자료를 모으면서 비할 바 없는 이야기 ―『짜르 살딴』『어부와 물고기』『생기 잃은 공주』『황금 수탉』― 를 쓴다. 이 이야기들의 면면에는 민중의 시혼이 스며들어 있으며, 모든 내용은 단순하고 순박하며 진실하다. 또한 메리메[21]의 일리리[22] 지역의 노래를 모방하여 뿌쉬낀은 표현이 풍부하고 멋진『서슬라브인의 노래』를 창작한다.

1833년 뿌쉬낀은 뿌가쵸프의 반란이 일어난 곳을 숙지하기 위하여 까잔현과 오렌부르그현으로 여행을 다녀오고『뿌가쵸프 반란의 역사』를 집필한다. 이 해에 그는 1824년 홍수가 있던 시기의 뻬쩨르부르그를 배경으로 하는 서사시『청동기마상』을 쓴다. 가난한 관리 예브게니는 약혼녀가 범람한 강물에 쓸려가자 미쳐버리고 "청동의 말을 타고 있는 거인"과 "바닷가에 도시를 세운 그의 숙명적인 의지"를 저주한다. 바로 이때 예브게니는 팔코네가 만든 뾰뜨르 동상이 자신을 향해 달려오는 것처럼 느낀다. 결국 예브게니는 허물어진 약혼녀의 오두막 근처

---

21) 메리메 [1803.9.28~1870.9.23] 19세기 프랑스의 소설가. 대표작은『콜롱바』(1840),『카르멘』등이다. 프랑스 아카데미회원, 상원의원이었다. 독특, 간결, 착실한 문체로 작품의 예술적 완성을 꾀한 점에서 고전적인 새로운 사실주의 문학을 지향했다.
22) 고대로마 시기의 지명(현재는 유고슬라비아와 알바니아에 걸쳐있는 지역이다.)

에서 시체로 발견된다.

뿌쉬낀은『뽈따바』에서 살며시 드러냈던 뾰뜨르의 강력하고 무시무시한 형상을 다시 한 번 보여준다. 뿌쉬낀은 역사적인 '인물들의 숙명'이 무엇인지에 대한 고민을 한다. 자신의 자그마한 행복을 위해 노심초사하는 말단관리 예브게니처럼 아무런 죄도 없는 가엾은 사람들이 얼마나 많은 청동의 기사 ― 알렉산드르, 나폴레옹, 뾰뜨르 ― 의 말발굽아래 짓밟히는가! 이 위대한 지배자들의 가혹함은 얼마나 무시무시한가! 시인은 뾰뜨르의 동상에게 질문한다.

오, 강력한 운명의 지배자여!
그대는 천길 만길 낭떠러지에서
강철의 고삐를 잡아당겨
러시아를 뒷발로 서게 하지 않았던가?

이제까지의 러시아 시세계에서 "북극의 꽃이자 기적인 청년도시", 뻬쩨르부르그를 찬미하는 뿌쉬낀의 시는 문학적인 면에서 등가물을 찾기 어려울 정도로 완성도가 높다.

* * *

뿌쉬낀은 러시아 산문을 창조한다. 그는 러시아 문학어를 만들어냈고, 바로 이 기반위에서 19세기의 위대한 러시아 문학이 시작되었다. 고골, 뚜르게네프, 도스또예프스끼, 똘스또이 등이 뿌쉬낀에게서 배웠으나 정작 뿌쉬낀은 아무에게서도 배울 수 없었다. 러시아 중편소설의 창시자 까람진은 프랑스 문학에 지나치게 경도되어 있어서 그들의 문장구조를 모방하고, 프랑스풍의 신조어를 만들고, 프랑스 말을 차용했으나 러시아 말이 가진 느낌은 고려하지 않았다. 신조어들을 만들어낸 — в л и я н и е (influence:영향), р а з в и т и е (developpement:발전), с о с р е д о т о ч и т ь (concentrer:집중하다), о б с т о я т е л ь с т в о (circonstance:환경) — 그가 쓴 산문은 화려하고, 거짓말처럼 느껴질 정도로 감성적이고, 부자연스럽고, 윤을 낸 듯 반질반질한 것이 인위적인 활자 상품 같은 느낌이 든다.

뿌쉬낀은 혁명을 일으킨다. 그는 작가에게서 러시아어를 배우지 말고 모스끄바의 성병(聖餠)을 굽는 여인들에게서 러시아어를 배우라고 충고한다. 그는 러시아어 회화체에서 쓰이는 생생한 문체를 자신의 작품에 사용한다. 『벨낀 이야기』는 작가에 의해서 쓰인 작품이 아니라 마을의 성당지기한테 교육을 받은 소지주 벨낀이 이야기한 것이다. 유약하고 내성적이며 순진무구한 그는 "상상력의 부족" 때문에 힘들어한다. 화자를 고안해 낸 뿌쉬낀은 작품 전반의 어조를 바로 정한다. 중후한 문체, 현학적인 수사, 미적 장식 같은 것은 모두 무시되고 단순하고 직설적인 민중의 살아있는 화법이 바로 이 작품의 근간을 이루는 어조이다. 『역참지기』는 지나가던 경기병과 함께 달아난 미인 두냐를 딸로 둔 하급 관리의 수난에 관한 서글픈 이야기이다. 『눈보라』는 눈보라 속에서 길을 잃어 우연하게 그리고 재미로 낯선 여인과 결혼을 해버린 경기병 부르민의 흥미로운 모험담이다. 『마지막 한 발』은 수수께끼의 사나이 실비오의 아이러니한 복수극이다. 『귀족 아가씨-시골처녀』는 농사꾼의 옷으로 갈아입고 감상적인 이웃 지주의 마음을 뺏어버린 귀족 아가씨의 유쾌한 사랑 만들기이다.

벨낀은 아무런 비평 없이 그리고 '영리한 척'도 하지 않으며 들은 그대로 전한다. 그는 문체에 대해 고민하지 않는다, 그저 단순하고 이해하기 좋으면 그만이다. 문장은 간결하고 경쾌하며 무미건조하다. 『마지막 한 발』의 일부분은 예로 들어보자. "우리는 ***라는 작은 마을에 주둔하고 있었다. 군장교의 삶이란 누구나 아는 바 그대로다. 아침에는 교련과 승마 훈련, 점심에는 연대장의 숙소나 유태인 술집에서의 식사, 저녁에는 술과 카드놀이가 그것이다."

문학적 장식을 멀리하며 뿌쉬낀은 의식적으로 자신의 문체를 소박하게 만든다. 그는 고정 수식어를 배제하고 부사구 사용을 절제하며 주문(主文)만으로 만족한다. 그가 산문에서 요구하는 것은 오로지 '사고(思考) 그리고 또 사고(思考)'이다. 이러다가도 가끔 그는 엉뚱한 상황에 빠진다. 그의 문장은 굳어지고 조각조각으로 분해되어 버리며 짧은 호흡으로 인해 다양성과 광활함이 느껴지지 않는다.

이런 결점들은 소박하고 선한 인물이 화자로 등장하는 장편역사소설 『대위의 딸』(1833-1834)에서 사라진다. 뾰뜨르 안드레예비치 그리뇨프 장교는 자식들에게 자신이 겪은 일화를 이야기해준다. 이 '가족사'를 위하여 뿌쉬낀은 뿌가쵸프 반란사에 대해 자신이 조사한 자료들을 이용하고, 18세기 사람들의 회상록과 편지의 개인적이고 간소한 문체를 재현해낸다. 이 작품 속에서 예까쩨리나 시대, 지주의 저택, 벨로고르스끄 요새의 소박한 풍습, 민중들의 동요, 준엄하면서도 너그러운 뿌가쵸프의 생생한 인물상, "나이트 캡을 쓰고 흰색 모닝 드레스위에 털조끼를 입고" 짜르스꼬예 셀로 공원 호숫가를 산책하고 있는 위풍당당한 여제의 모습 등이 생생하게 펼쳐지고 우리의 뇌리에 영원히 남는다. 온순한 마리야 이바노브나와 그녀의 아버지인 미로노프 대위 그리고 어머니 바실리사 이고르브나는 부드러운 유머와 온화한 사랑이 담긴 필치로 묘사된다.

뿌가쵸프와의 부득이한 연회로 인해 반역자로 오해를 받는 그리뇨프의 투옥이 독자를 조마조마하게 하고, 사랑의 경쟁자 쉬바브린이 그리뇨프를 무고할 때 우리는 격분한다. 반란군에 대항하여 영웅적으로 요새를 지키는 장면과 마리야 이바노브나의 여제를 만나기 위한 뻬쩨르부르그로의 여행은 감동을 주고, 사랑하는 두 사람의 결합이라는 해피엔딩은 우리에게 기쁨을 준다. 뿌쉬낀은 장대한 역사의 흐름위에 가족사를 그리는 러시아 소설의 전통을 만들고, 이 전통을 똘스또이는 『전쟁과 평화』에서 완성시킨다.

결혼 후 얼마동안 뿌쉬낀은 안정과 행복이 깃든 삶을 누리는 것 같았지만, 곧 이전보다 더한 어려움과 고통이 찾아온다. 젊고 경솔한 나딸리야 니꼴라예브나는 자신의 아름다움이 드러나기를 원했고 궁정무도회에서 춤을 추며 즐기는 것을 좋아했다. 뿌쉬낀은 마지못해 방만한 삶을 이어가야 했다. 그는 빚더미에 빠져 정신을 차리기 어려웠으며 사교계의 '글쟁이'라는 모욕적인 역할을 미모의 아내를 위해 참아내야만 했다. 그에게는 글을 쓸 여유가 없었다. 트집을 잡기 위한 벤껜도르프의 검열은 더욱 더 심해졌는데, 심지어 삼부의 요원들은 작가의 사적인 편지까지 일일이 감시하였다. 그의 원숙한 작품들은 대중의 홀대를 받게 되는데 『보리스 고두노프』가 출간되었을 때 비평가들은 작가의 재능이 소멸되었다고 푸념했을 정도이다.

당시 뿌쉬낀은 사회, 가정, 문학계 그 어느 곳에서도 설 자리가 없었다. 그는 완벽한 고립을 느꼈고 자신에 대한 주변의 악의, 몰이해, 질투, 조롱만을 보았다. 그는 시골로 떠나 휴식을 취하며 모든 것을 잊고 작업에 몰두하고 싶었다. 죽기 얼마 전 그는 아내에게 바치는 시 한편을 쓴다.

시간이 되었소, 친구여, 시간이! 가슴은 안식을 찾고 있소.
세월은 줄지어 지나가고 남은 나날 시시각각 줄어
그대와 함께 살고 싶지만 우리도 언젠간 죽을 거요.
이 세상에 행복은 없어도 안식과 자유는 있는 법
오래 전부터 부러운 운명 동경해 왔소
나 고달픈 노예는 오래 전부터 달려가고 싶었소
창작과 순수한 평화만 있는 저 먼 안식처로.

그러나 시인은 달려갈 수 없었다, 이미 그를 졸라매고 있는 올가미를 풀어내기에는 힘이 벅찼고, 비극적인 결말은 시시각각 다가오고 있었다. 당시 뻬쩨르부르그 사교계에서 돋보이던 네덜란드 공사 헤케른의 양자인 프랑스계 근위장교 단테스 남작이 뿌쉬낀의 아내를 사랑하여 공공연하게 구애를 하였다. 허영심 많고 경박한 나딸리야 니꼴라예브나는 그와 염문을 뿌렸고, 이에 관한 풍문과 유언비어는 시인을 모욕감에 빠지게 만들었다. 이 참기 어려운 상황에서 벗어나고 싶어한 뿌쉬낀은 아마도 의도적으로 죽음을 원했을지도 모른다. 1837년 1월 27일 단테스와 결투를 하게 된 시인은 치명상을 입고, 이틀 후 가혹한 고뇌 속에서 숨을 거둔다.

* * *

18세기의 회의주의적 자유사상에 물든 젊은 시절 뿌쉬낀은 스스로를 '완전한 무신론자'라 생각하고 성모 마리아에 관한 성물모독적인 시를 쓴다. 하지만 그의 머리가 "의심으로 가득 차" 있었다면 그의 심장은 항상 신을 향해 열려 있었다. 스스로가 신을 믿지 않는 사람이라 생각하는 사람이 매우 종교적인 인간일 수 있다. 그런 사람이 바로 뿌쉬낀이었다. 시인으로서의 고귀한 사명과 미를 위한 경건한 직분 속에서 뿌쉬낀은 자신을 신이 선택한 자, '하늘의 아들', 예언자로서 인식하였다. 뿌쉬낀의 시『예언자』는 죄 많고 나약한 사람이 '여섯 날개의 천사'에 의해 영감에 찬 예언자로 변모하는 신비한 과정을 그린다.

예언자

영혼의 갈증으로 목말라하며,

음울한 광야를 헤맬 때,

여섯 날개의 천사가

내 앞 갈림길에 나타나

꿈처럼 가벼운 손가락으로

내 눈동자 살며시 어루만지자,

놀라버린 독수리의 눈과도 같이

내 예언의 눈동자 활짝 열렸다.

천사가 나의 귀를 어루만져

소음과 울림으로 가득 채우니,

나는 하늘의 떨림과

천사들이 창공을 날아다님과

넝쿨이 골짜기에 자라남을 들었다.

그는 또 내 입술에 몸을 굽혀

말 많고 죄 많은

내 교활한 혀를 뽑아내고,

죽은 듯 마비된 내 입 속에

피투성이 손으로

지혜로운 뱀의 혀를 심어 놓았다.

그는 또 내 가슴을 칼로 갈라

펄떡이는 심장을 뽑아내고

빨갛게 타오르는 숯덩어리를

벌어진 내 가슴에 집어넣었다.

나 송장처럼 광야에 누워 있을 때

신의 목소리 나를 불렀다.

〈일어나라 예언자여, 보라, 들으라,

나의 뜻을 네 안에 가득 채우고

땅과 바다 두루 돌아다니며

말로써 사람들의 가슴을 불사르라!〉

장중한 언어, 교회 슬라브어적 요소 그리고 성서의 상징적 형상을 통해 뿌쉬낀은 생의 내면에서 발생한 비밀스런 사건 – 영혼의 탄생 – 을 이야기한다.

종교적 모티프는 뿌쉬낀의 작품세계의 후반으로 갈수록 더욱 강해진다. 러시아 문학사에서 예프렘 시린[23]의 사순절의 기도를 다시 그린 뿌쉬낀의 시만큼 종교적인 시로서 완성된 형상을 지닌 것은 없다.

속세 떠난 신부와 정결한 수녀들은

자기네 마음 천국으로 올려 달라고

이승의 풍랑과 싸움 앞에 굳건하게 지켜 달라고

하느님께 수천 번 기도를 올렸습니다.

그러나 그 어느 것도

슬픈 사순절 동안 사제가 읊조리는 기도만큼

---

23) 예프렘 시린(306-379) 4세기 러시아의 성인

내게 감동을 주지 못했습니다.

그의 기도 자꾸만 내 입가에 떠오르며

알 수 없는 힘으로 타락한 나를 지켜 줍니다.

〈내 삶의 군주시여! 저 보이지 않는 뱀

게으름과 허세와 빈말의 화신

내 영혼에 숨어들지 않게 하소서.

오, 하느님 저로 하여금 제 허물은 보되

형제의 죄를 판단하지 않게 하소서

겸손과 인내와 사랑과 순결의 정령

제 마음에 불어넣어 주소서.〉

이 시의 완만하면서도 분방한 멜로디 속에 얼마나 엄격하고 간명
한 준엄성이 담겨있는가! 시의 절정은 기도이고 시적 어휘의 전범은 바
로 신의 로고스이다. 뿌쉬낀의 시는 로고스의 실현이라는 기적으로서
완성된다. 세상을 떠나기 얼마 전 시인은 이렇게 쓴다. "오, 시골의 내
집으로 들과 정원, 농부들, 책, 나의 작품들, 가정, 사랑 등등을 옮겨갈
수 있을지. 아, 그리고 종교와 죽음도."

그는 참회 그리고 성찬과 함께 신과 화해하며 이승을 떠난다.

* * *

뿌쉬낀은 러시아의 위대한 천재이다. 그가 러시아 민족문학의 창
시자이자 19세기 후반 러시아문학이 세계적인 문학으로 성장하게 된

원동력이라는 점에는 이미 오래전부터 이견이 없다. 하지만 뿌쉬낀은 그 이상이다. 그는 우리의 '태양'이고 구석구석 러시아의 심장들을 비춰주고 보듬어주는 빛이다. 도스또예프스끼가 말하였듯이 그는 "우리의 모든 것"이다. 그는 우리의 가장 친근하고 사랑스런 친구처럼 우리 모두의 삶과 함께한다. 그의 천재성의 비밀과 영원성은 사랑 속에 있고, 그는 이 사랑을 발산하여 우리를 고양시킨다. 우리는 그에게서 배우고, 감탄한다. 하지만 그 이전에 우리는 그 무엇보다도 그를 사랑한다. 이 감정을 쮸체프는 단 두 구절의 시행으로 표현해낸다.

러시아는 너를
첫사랑처럼 잊지 못하리!

ДЕМОНЪ.

ПОЭМА
М. Ю. ЛЕРМОНТОВА.

СЪ РИСУНКАМИ:

ВРУБЕЛЯ М. А., ВАСНЕЦОВА А. М.,
ПОЛѢНОВА В. Д., ПАСТЕРНАКА Л. О.
и СѢРОВА В. А.

Изданіе Т-ва И. Н. КУШНЕРЕВЪ и К°.
МОСКВА — 1910.

레르몬또프는 종교적인 테마를 드물게 다루었고 도그마적 신학에 무관심했다. 하지만 그의 서정성은 진실된 종교적 영감으로 표현된다. 그의 이성은 회의적이고 냉담하고 의심이 많지만, 그의 가슴속엔 항상 신을 향한 갈망과 어둡고 죄 많은 지상을 속죄하고 싶은 염원이 담겨있다. 그의 영혼은 '태생적으로 그리스도교' 안에 있었으며, 잃어버린 천국의 형상과 밝은 세계에 대한 갈망 그리고 원죄의 느낌이 시인의 내면에 존재했다. 그의 낭만주의적 세계관은 원죄의 감성과 '천상의 고향'으로의 지향을 기반으로 한다.

레르몬또프(1814-1841)

미하일 유리예비치 레르몬또프는 스코틀랜드 기사 가문의 혈통을 지녔다. 그의 선조인 게오르그 레르몬트는 17세기 초 모스끄바의 짜르를 섬기기 위해 러시아로 왔다. 또한 토마스 레르몬트라는 스코틀랜드 바드가 왕국으로 요정을 데리고 오자, 그 공로를 인정받아 상으로 시적 재능을 얻었다는 전설이 있는데, 이에 관해서 월터 스콧이 발라드『가수 토마스』라는 작품에서 이야기하고 있다. 러시아에서 레르몬또프 가문은 곧 쇠락했다. 퇴역 대위인 시인의 아버지는 부유한 명문가의 딸 마리야 미하일로브나 아르세니에바와 결혼했으나 스똘르이삔 가문의 피를 타고난 그녀의 어머니는 자신의 귀족가문을 매우 자랑스러워하는 동시에 가난한 사위를 무시했다. 그녀는 젊은 부부가 자신의 영지인 따르한에서 살도록 강요하고 그들의 인생을 사사건건 간섭하였다.

레르몬또프는 1814년에 모스끄바에서 태어났다. 농부들이 이야기하듯이 "조용하고 창백한 마님"이었으며, 남편에게는 사랑받지 못하고

3~4살 때의 레르몬또프

엄마 앞에서는 벌벌 떨었던 그의 어머니는 아들인 레르몬또프가 세 살도 채 되지 않았을 때 폐결핵으로 세상을 뜬다. 그는 어머니에 대해서 단 한가지만을 기억하는데, 바로 그녀의 슬픈 노랫소리이다. "내가 세 살쯤이었을 때 생각나는 것은 나를 울게 만들었던 노랫소리이다. 그 노래는 나의 돌아가신 어머니가 부른 것이다." 그의 아버지는 아내가 죽자 자신의 소영지로 떠나면서 아들을 데려가기를 원했다. 그러나 딸에서 외손자로 옮겨간 장모의 소유욕 강한 사랑은 아무것도 용납할 수 없었다. 어린 레르몬또프를 두고 장모와 사위의 싸움은 시작되었고, 이 싸움은 시인에게 깊은 상처를 남긴다.

소년은 아르세니에바의 대영지 따르한에서 유모와 가정교사에 둘러싸여 자라게 된다. 그의 변덕이 주변사람들에게 법 자체였을 정도로 그는 자기가 소황제라도 된 것처럼 느꼈다. 레르몬또프는 자신의 어린 시절을 투사한 '사샤 아르베닌의 유년' 이라는 미완성 중편을 썼다. "겨울에 하녀들은 어린 귀족자제를 즐겁게 해주기 위해, 아이 방으로 바느질과 뜨개질 거리를 들고 모여들었다. 그들은 그를 어르기도 하고 다투어 뽀뽀를 하기도 하며 볼가 강의 강도에 관한 이야기를 해 주었다. 그럴 때마다 그의 공상 세계는 야성적 용기와 희뿌연 정경으로 가득 찼다. 그는 장난감에 흥미를 잃고 상상의 날개를 펼치기 시작했다... 사샤는 지나치게 버릇이 없고 자기 멋대로 하는 아이였다. 그의 타고난 파괴적 성벽은 기이하게 자라났다. 그는 파리를 눌러 죽이며 만족해했고 돌을 던져서 불쌍한 닭이 맞고 쓰러지면 매우 기뻐했다." 이후 그는 사경을 헤맬 정도로 심하게 병을 앓았고, 그 동안 "생각하는 법을 배우게 된다."

이 작품 속에서 시인의 주요한 특징들을 발견하게 된다. 개인적 감성의 과도한 발달, 안하무인격인 거만함, 몽상가적 기질, 잔인함과 날카로운 이성 등이 바로 그것이다.

소년의 허약한 체질을 걱정하여 외할머니는 세 번이나 그를 까프까즈의 온천으로 데려간다. 까프까즈의 산세는 소년의 감성에 깊이 박히게 되고, 그의 전 생애 동안 '신성함'으로 남게 된다. 또한 까프까즈의 기억은 병약한 소녀와의 첫사랑과 얽혀 있다. 그가 열 살일 때 금발에 파란 눈을 가진 한 소녀를 사랑하게 된다. 그는 일기장에 "오, 이 수수께끼, 이 잃어버린 낙원은 무덤으로 가기까지 나를 괴롭힐 것이다! 때때로 묘한 기분이 들어 이런 열정에 웃지만 실은 자주 울게 된다."

1828년에 레르몬또프는 모스끄바 대학의 귀족 기숙학교에 입학하고 시에 매료된다. 학생들이 필사로 잡지를 출간하고, 이 잡지의 지면을 통해 레르몬또프는 자신이 창작한 시들을 발표한다. 그는 영어를 자유롭게 읽을 수 있었으며, 이 즈음에 들어 알게 된 바이런과의 만남은 그의 삶에 있어서 획기적인 사건이었다. 비밀스런 두 영혼의 친화력은 서로를 묶어놓기에 충분했다. 젊은 레르몬또프에게 바이런이 끼친 영향은 '문학적'인 것뿐만 아니라, 그 이상의 심원하고 지대한 것이었다. 자신만만한 영국시인의 내면에서 스코틀랜드 바드의 후예는 자기 자신의 모습을 발견하고, 자신의 운명 속에 담긴 수수께끼를 풀어내고, 자신이 지닌 시적 천재성을 깨닫게 된다.

대학에서 레르몬또프는 케케묵은 교수들을 경멸했다. 그는 수업시간동안 "교수의 강의는 듣지 않고 팔꿈치를 괸 채 집중해서 책을 읽거나" 동료 학생들을 무시하는 눈초리로 쳐다보았다. 이 시기의 시는 그가 겪고 있는 심리적 긴장감을 잘 보여준다. 미래에 발표될 작품의 모든 내용이 젊은 시절 그가 쓴 시속에 드러나고 있다. 레르몬또프는 뿌쉬낀을 습작하듯 모방하고(『체르께스인』, 『까프까즈의 포로』, 『해적』) 그의 첫 서사시들 『아울 바스뚠쥐』, 『이즈마일-베이』, 『깔르이』, 『하쥐 아브렉』은 바이런 풍의 낭만주의 스타일로 쓰인다. 폭풍우 같은 정열, 숙명적인 범죄, 비밀스럽고 우울한 주인공 등이 까프까즈의 웅장한 자연을 배경으로 하여 복잡하면서도 효율적인 구조로 짜여 있다. 오만한 시인은 모든 인간사의 하찮음과 초라함을 경멸하고 분노했다. 그는 자신을 선택받은 운명을 타고난 특별한 존재라고 느꼈다. 사회에 저항하는 그의 투쟁은 천재의 위대함을 위하여 행해진다. 나폴레옹, 바이런 그리고 1812년 전쟁의 장군들 같은 영웅들에게 머리를 조아리며, 시인은 선과 악에 무관심한 동시대를 수치스러워하며 냉정한 가슴으로 "슬프게 바라본다."

한 교수와의 '사건' 이후 대학을 중퇴한 레르몬또프는 그의 동료인 샨 기레이가 말하듯 "폭음과 떠들썩한 주연이 끊이지 않던" 기병사관학교에 입학한다. 레르몬또프는 어린 시절 자신의 공상에 복수라도 하듯이 방탕하고 혼란한 삶 속에 빠져든다. 그의 사관학교 시기의 시는 거칠고 냉소적이며 빼어난 젊은이들의 엽기적인 행각들을 찬미한다. 그들은 재능이 있지만 혐오스럽다. 레르몬또프는 로뿌히나에게 편지를 쓴다. "나의 공상은 끝나가고 있어. 더 이상의 믿음은 없어. 내겐 돈으로 살 수 있는 향락과 촉감으로 느낄 수 있는 행복이 필요할 뿐이야."

시인의 이러한 방탕하고 대담한 삶은 "편안한 마음을 가지기 위해" 온갖 심적인 근심을 억누르려는 시도라고 할 수 있다. 쇠약해져버린 그의 영혼은 숙명에 응하지 못하고 있었으며 어린 시절부터 이어온 파괴적 본성을 발작적으로 보여줄 뿐이었다. 그러나 기병사관학교의 대주연에 취한 정신은 곧 깨어나기 시작한다. 1834년 장교로 임관하면서 그는 "사관학교 시절을 존재하지 않았던 것 같은 무시무시한 두 해"라고 회고하며 기뻐한다.

하지만 곧 화려하고 피곤할 정도로 현란한 사교계의 삶이 시작된다. 1836년의 한 시에서 그는 "나의 지친 영혼은 암흑과 한기에 둘러싸였다"고 쓴다. 그는 "다른 삶을 시작하기"에는 자신이 무력하다는 것을 인식하고 자유를 기다린다. 1837년에 뿌쉬낀이 사망한다. 레르몬또프는 위대한 시인에 대한 무한한 사랑을 노래하며, 뿌쉬낀의 적을 폭로하고 신랄하게 비판하는 『시인의 죽음에 부쳐』라는 시를 쓴다.

그러나 너희들, 다 알고 있는 비겁한 행위로
명성 있는 조상의 오만한 자손들이여.
운명의 장난으로 모욕당한 일족을
비굴한 발뒤꿈치로 짓밟아버린 부스러기들아!
너희들, 왕좌 옆에 탐욕스레 무리 지어 서서
자유, 천재, 영광을 죽이는 사형 집행인들아!

시인은 공정하고 무서운 신의 심판을 호소한 후 시를 끝맺는다.

너희의 검은 피로는 시인의 경건한 피를
씻어낼 수 없으리라!

이 시는 필사본으로 퍼져 뻬쩨르부르그에서 널리 알려졌고, 결국 니꼴라이 I세의 귀에 들어가, 레르몬또프는 까프까즈에서 복무하게 된다. 이곳에서 시인은 체르께스인처럼 옷을 입고 어깨에 총을 맨 채 여행을 하다 레즈그인[24]들에게 총격을 받기도 했고, 끄레스또프 산을 오르고 온천수에 몸을 담그기도 하였다. 여기서 그는 『우리 시대의 영웅』과 서사시 『견습 수도사』를 구상하고, 단시 『보로지노』를 쓴다. 까프까즈에서의 유형생활은 그가 그토록 갈구하며 상상했던 자유로운 생활이었다. 이곳에서 '새로운 생활'이 시작되었고 작품구상에 전념할 수 있었으며 시적 영감이 충만하게 된다. 그러는 사이 외할머니의 주선으로

---

24) 다게스딴과 아제르바이잔 종족중 하나

레르몬또프는 반년 만에 다시 뻬쩨르부르그로 돌아오게 된다. '뻬쩨르부르그 사교계'는 그를 반갑게 맞이한다. "내 시에서 내가 모욕했던 사람들이 내게 아첨을 퍼붓고, 아름다운 여인들이 내게 시를 써달라고 청했으며, 내가 쓴 시들을 마치 승전 소식이라도 들은 듯 칭찬하느라 정신이 없었다." 하지만 여전히 그는 예전처럼 고독했다. 레르몬또프의 우수는 그가 어렸을 때부터 좋아했으나 부모의 강권으로 다른 남자에게 시집을 간 바렌까 로뿌히나를 만나면서 더욱 심해졌다.

점점 그의 문학적 명성은 더해갔다. 1840년에 『우리 시대의 영웅』이 출간됐고, 얼마 지나지 않아 첫 시집이 나왔다. 젊은 시인의 명성은 하늘을 찔렀다. 비평가들은 그가 뿌쉬낀의 적자라고 한 목소리로 말했다.

1840년 프랑스 공사의 아들인 바란따와 결투한 죄를 물어 다시 까프까즈로 가게 되는 불운이 레르몬또프에게 찾아온다. 뺘찌고르스끄에 있게 된 레르몬또프는 어리석고 방자한 인물로 허리춤에 긴 단도를 매고 체르께스식 복장을 하고 다니는 사관학교 시절의 동료인 마르뜨이노프를 만나게 된다. 레르몬또프는 그를 놀려댔고, 그의 캐리커처를 그리고, 그를 "Montagnard au grand poignard(긴 단검을 들고 다니는 산사람)"라고 불렀다. 격노한 마르뜨이노프는 결투를 신청했고, 결국 시인은 1841년 7월 15일에 사망한다.

레르몬또프가 27세에 사망했다는 사실을 고려하고, 그의 청년시절의 작품과 원숙한 시기의 작품들을 비교해보면 급속도로 성장한 시적 재능에 놀라지 않을 수 없다. 『이즈마일-베이』나 『귀족 오르샤』류의

레르몬또프의 육필 원고와 삽화

미성숙한 작품들을 쓴 지 불과 몇 년 뒤에 레르몬또프는 『견습수도사』 『상인 깔라쉬니꼬프의 노래』 『악마』와 같은 걸작들을 쏟아낸다.

그는 습작성 모방을 하고, 타인의 목소리를 흉내 내는 등 시적 실험을 거듭한 후, 얼마 지나지 않아 눈 깜짝할 사이에 완성도 높은 작품을 생산해낸다. 그에게 문학적 영향을 미친 작가들을 거론하는 것은 어렵지 않다. 바이런, 실러, 뿌쉬낀, 쥬꼬프스끼, 까즐로프 등이 그들이다. 하지만 낭만주의 조류, 즉 '러시아 바이러니즘'에 내재된 특징적인 요소들을 그의 작품 속에서 찾는 것은 별 흥미 없는 일이다. 우리의 관심은 독창적이고 유일무이하며 다시는 반복되기 어려운 독특함을 그의 작품 속에서 찾는 데 있다.

레르몬또프는 종교적인 테마를 드물게 다루었고 도그마적 신학에 무관심했다. 하지만 그의 서정성은 진실된 종교적 영감으로 표현된다. 그의 이성은 회의적이고 냉담하고 의심이 많지만, 그의 가슴속엔 항상 신을 향한 갈망과 어둡고 죄 많은 지상을 속죄하고 싶은 염원이 담겨있다. 그의 영혼은 '태생적으로 그리스도교' 안에 있었으며, 잃어버린 천

국의 형상과 밝은 세계에 대한 갈망 그리고 원죄의 느낌이 시인의 내면
에 존재했다. 그의 낭만주의적 세계관은 원죄의 감성과 '천상의 고향'
으로의 지향을 기반으로 한다. 비밀스럽고 아름다운 시 『천사』에서 시
인은 자신의 영혼을 시적 신화로 창조해낸다.

천사

한밤의 하늘에 천사가 날고 있다.
그는 조용히 노래 부른다.
달도, 별도, 구름도
그 찬송가에 귀를 기울인다.

그는 천국의 정원에 핀 무성한 나뭇잎 아래서
순결한 영혼들의 행복을 노래했다.
그는 하느님의 영광을 노래하며
충심으로 하느님을 찬미했다.

그는 어린 영혼을 감싸 안으며
세상을 위해 슬퍼하고 눈물 흘린다.
그의 노랫소리는 어린 영혼 속에
남아 있었다 ― 말없이, 그러나 생생하게.

어린 영혼은 지상에서 꿈과 소망이 가득 찬
천상의 소리를 오랫동안 그리워했다.
어린 영혼에게 지상의 따분한 노래들은
천상의 소리를 대신할 수 없었기에.

영혼은 두 세계의 거주자이다. 영혼은 천사의 노래가 울려퍼지는 낙원의 행복을 잊을 수 없다. 눈물어린 세상으로 추락한 영혼은 '불가사의한 열망'으로 영원토록 괴로워하고 자신을 고향 잃은 방랑자로 생각한다. 불만족, 소외, 고독한 영혼, 천국에 대한 동경, 신의 섭리가 충만한 삶에 대한 아득한 갈망, 결코 멈추지 않는 달콤하며 우수에 찬 천상의 음악, 그리고 결코 지상의 언어로 바꿀 수 없는 천상의 노래. 이러한 요소들이 레르몬또프 시의 근간을 이루고 있다. 지상이 아닌 하늘의 도시를 찾는 '그리스도교도의 영혼'은 자신이 속박과 추방에 묶여있음을 한탄한다. 그는 타락한 아담처럼 에덴동산의 문턱에서 자신의 운명을 서글퍼한다. 방랑자, 포로의 형상은 시인의 시에서 줄곧 반복된다. 그는 자신을 "바다의 파란 안개 위에 떠 있는" "외로운 돛단배"에 비유한다.

뱃전에는 투명한 감청색 물결이 춤추고,
갑판에는 태양의 황금빛 햇살이 애무하고 있다.
반항아인 그는 폭풍우를 바라고 있다,
마치 폭풍우 속에 안식이라도 있는 듯이.

어떤 때는 자유를 갈망하는 죄인에 비유한다.

감옥 문을 열어 주세요,

한낮의 환한 빛을

검은 눈의 소녀도,

검은 갈기의 말도 볼 수 있도록.

또는 고향도 없고 그렇다고 추방된 것도 아닌 하늘의 먹구름에 비유한다.

하늘의 작은 먹구름이여, 영원한 순례자여!

푸른 초원처럼, 진주 빛 사슬을 이루며

나같은 추방자인양

사랑스런 북방에서 남쪽나라로 줄달음쳐라.

황금빛 먹구름이 가슴팍에서 밤을 새고 가는 '거인같은 절벽' 과도 동일시한다.

…… 홀로

그는 서있다. 깊은 생각을 하며

황무지에서 조용히 울고 있다.

혹은 도도하고 아름다운 자태로 먼지에 덮인 방랑자를 무시하는 플라타너스 뿌리로 폭풍우에 휘말려 날려간 참나무 잎에 비유한다.

더 멀리 가게, 오 나그네여! 나는 너를 모른다네.
나는 태양의 사랑을 받고, 그를 위해 꽃을 피우고 빛을 발하네.

* * *

고독한 나그네의 영혼이 지닌 운명은 애달프다. 하지만 혜안의 재능을 가지고 신의 나라를 인류에게 상기시켜야 하는 시인의 운명은 더욱 애처롭다. 뿌쉬낀의 『예언자』에 대한 화답으로 같은 제목의 시를 레르몬또프는 발표한다. 사람들은 예언자, 시인에게 돌을 던진다. 오직 자연만이 신에 의해 선택된 자로 예언자를 존중한다.

영원한 판관이
나에게 예언자의 전지전능함을 부여한 때부터
나는 사람들의 눈에서
악과 죄를 읽는다.

나는 사랑과 진실의
순수한 가르침을 선언하였다.
나의 모든 동포들은
내게 미친 듯이 돌을 던졌다 ……

사막에서 별들이 그의 말을 듣고 '지상의 피조물'은 그에게 순종한다. 하지만 도시에선 노인들이 아이들에게 말한다.

보아라, 그가 얼마나 헐벗고 가련한지,
모든 이가 그를 얼마나 경멸하는지.

'사막'은 죄 많은 사람들보다 신에 더 가깝고 자연은 청순한 아름다음으로 빛난다. 밤에 커다란 길 한복판으로 나간 시인은 신의 존재, 세상의 완벽한 조화를 느끼고 별들 간의 대화를 듣는다. 레르몬또프의 아름다운 시중의 하나는 다음의 두 연으로 시작된다.

나는 홀로 한길로 나간다.
안개 사이로 자갈길이 반짝인다.
고요한 밤, 황야는 신에게 귀 기울이고
별과 별은 이야기를 나눈다.

하늘은 장엄하고 신비롭다.
대지는 푸른빛 속에서 잠들어 있다...
그런데 나는 왜 이렇게 가슴 아프고 힘들까?
나는 무엇을 기다리는가? 무엇에 대해 슬퍼하는가?

시인은 바렌까 로뿌히나와의 불행한 사랑을 겪으며 때론 정열적인, 때론 애처로운, 때론 겸허하고 밝은 시를 쓰게 된다. 그는 질투심을 느끼며 절망하였을 뿐만 아니라, 일생동안 사랑했던 단 한명의 여인을 미워하기까지 한다. 그러나 눈먼 정열의 악의는 사라지고, 시인의 영혼 속에는 애달픔만이 남는다. 놀랄 만큼 아름다운 시 『나그네의 기도』에 서 시인은 성모상 앞에서 기도한다.

나는 나의 황량한 영혼을 위해 기도하지 않습니다,
세상에 의지할 곳 없는 나그네의 영혼을 위해 기도합니다.
그러나 나는 차가운 세상의 따뜻한 성모님에게
순결한 처녀를 맡기고 싶습니다.

그는 그녀를 행복으로 감싸고, 그녀에게 '희망의 세상'을 선사해 달라고 성모에게 간곡히 바란 후 끝을 맺는다.

소란스런 아침이나 무언의 밤에
작별의 시간이 다가오면,
당신은 훌륭한 천사의 아름다운 영혼을
느끼기 위해 슬픈 잠자리로 가십시오.

우수와 환멸 속에서 레르몬또프는 순수한 감동의 찰나와 불꽃같은 종교적 황홀감의 순간을 포착했고, 기도의 행복한 힘을 알았다.

은총의 힘이

살아 있는 노랫말의 화음 속에 있고,

알 수 없는 신성한 매혹이

그 속에서 숨쉰다.

* * *

레르몬또프 시창작의 중심에는 서사시 『악마』가 놓여 있다. 그는 열다섯 살의 나이에 이 작품을 구상하고 평생 동안 매달린다. 다섯 가지의 판본이 있지만 마지막 판 역시 끝을 본 것은 아니다. 우리가 보기에는 눈이 멀 정도로 화려하지만 레르몬또프가 보기에는 여전히 미흡하게 느껴질 정도로 그는 자신의 창조물을 사랑했다. 『악마』의 구성은 낭만주의적 사조를 따르고 있다. 죽은 여인을 사랑하는 불멸의 영혼은 라마르틴[25]의 서사시 『천사의 타락』에서 그려지고, 연민 때문에 악마를 사랑하는 천사의 이미지는 알프레드 드 비니[26]의 신비극 『엘로아』에 나타나며, 오만하고 불행하며 타락한 영혼은 바이런의 서사시 『카인』에 등장한다. 대체로 낭만주의자들은 이마에 저주와 영벌(永罰)의 낙인이 찍힌 채 신에 대항하는 강력한 영혼의 형상에 매력을 느꼈다.

레르몬또프의 '추방된 영혼, 슬픈 악마'는 까프까즈의 하늘을 날아다닌다. 산악의 야생적 아름다움은 악마의 오만하고 불길한 형상을 감

---

25) 라마르틴(Alphonse de Lamartine, 1790.10.21~1869.2.28) 19세기 프랑스의 로망파 시인·정치가

26) 프랑스 낭만파의 시인·소설가(1797~1863).

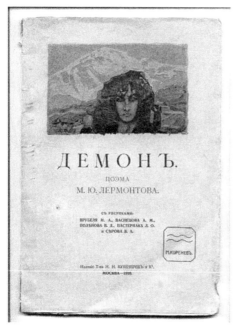

1910년 나온 『악마』의 표지(부르벨의 동명의 그림을 표지 그림으로 사용했다.)

싸 안는다. 그러나 레르몬또프의 악마는 성서속의 사탄과는 다르다. 그는 그 어느 곳에서도 저항을 받지 않는 악을 좋아하지 않는다. "그래서 악은 이제 싫증이 난다." 그는 "순결한 지품천사로서 빛을 발하며 천상에 있을 때"를 그리워하며 자신의 위력, 고독, 무익한 자유로 인해 고통 받는다.

그래서 눈에 보이는 모든 것을
그는 경멸하거나 증오했다.

높은 절벽위에 서있는 성(城)의 지붕위에서 따마라는 여자 친구들이 노래와 연주를 하는 동안 약혼자를 기다린다. 악마는 그녀를 본다.

…… 순간적으로
형언할 수 없는 흥분을
그는 갑자기 느꼈다.

그의 적막한 영혼의 사막은

은총 베푸는 소리로 가득 찼다.

다시 그는 사랑, 선, 아름다움의

성스런 의미를 깨달았다 ……

이러한 갑작스런 변화는 악한 영혼이 아니라면 일어나지 않을 것이다. 하지만 레르몬또프의 악마가 쓰고 있는 악령의 가면 속에는 절망한 낭만주의적 주인공의 인간적 얼굴이 숨겨져 있다. 어느 골짜기에 있는 작은 예배당에서 그는 약혼자를 죽이고 시체 앞에서 통곡하는 약혼녀에게 사랑과 정열의 말을 속삭인다.

밤이 자신의 장막으로

까프까즈의 언덕을 덮자마자,

우주가 마법의 주문으로

침묵을 지키자마자

〈……〉

나는 너에게로 날아가게 되리라.

너의 부드러운 속눈썹에

황금빛 꿈을 가져다주기 위해

나는 동트기 전에 찾아가리라.

따마라는 유혹자의 목소리가 성스러운 곳은 침범하지 못하리라는

기대를 안고서 수도원으로 간다. 그러나 이곳에서 그녀는 악마에 대한 생각을 한다. 그녀는

성자에게 기원하고 싶지만
마음은 그에게 기원하고 있다.

악마는 그녀를 찾아낸다. "선을 위해 열려진 영혼과 사랑할 준비가 된 그는 따마라의 방으로 들어간다." 그는 순결한 처녀가 자신을 구원해 줄 것이고, 스스로 새롭게 변화할 수 있을 것이라고 굳게 믿는다. 서정적 독백에서 악마는 따마라 앞에서 참회하며 간청한다.

아! 끝까지 들어다오 – 제발!
한마디 말로써 당신은 나를 하늘과 선의 편으로
돌려보낼 수 있을 것이오.

그가 그녀에게 키스를 하자 그녀는 죽고 만다. 황금빛 날개를 가진 천사는 그녀의 영혼을 천국으로 인도한다. 악마는 돌풍처럼 심연으로부터 솟구치며 외친다. "그녀는 나의 것이야". 천사는 대답한다.

사라져라, 의혹에 찬 암울한 영혼이여!
꽤 오랫동안 승리는 네 것이었다.
〈……〉

그녀는 고뇌하였고, 사랑하였다.
그리고 천국은 사랑을 위해 열려 있다.

패배한 악마는 자신의 '어리석은 꿈'을 저주한다.

또다시 오만하게
희망도 사랑도 없이
이전처럼 홀로 우주 속에 남았다.

레르몬또프는 끝까지 악마의 형상을 선명하게 만들 수 없었다. 레르몬또프는 악마의 사랑의 진실성, 그의 '선'에 대한 지향, 그의 참회를 강조하면서도, 그의 영감어리고 정열적인 언어들은 단지 유혹과 기만의 말이라는 점을 더불어 이해시키려고도 하였다. 타락한 영혼의 형상은 급격한 서정적 파고(波高) 앞에서 부서지고 흩어진다. 악마가 무엇을 추구했는지 파악할 길은 요원하다. 순결한 여인의 사랑으로 자신을 구하려고 했는지, 교활한 유혹으로 그녀를 파멸시키려고 했는지를 말이다. 이러한 이중성은 중요한 지점이다. 실제로 시인의 내면에서 선과 악, 그리고 회개하려 않는 오만함과 속죄의 갈망이 투쟁하고 있었기 때문이다.

『악마』의 시구는 감성이 풍부하여 낭독과 웅변을 위한 시의 기능을 한다. 또한 자연의 묘사, 정열의 언어, 관념의 투쟁 등은 팽팽한 긴장감을 수반한다. 그루지야의 풍요로운 자연을 그리는 서사시는 보석처럼 반짝이고, 새의 울음소리로 뒤덮이고, 남쪽지방의 향기를 내뿜는다. 시인은 자신의 고귀한 시적 재능을 모조리 소진하였다. 러시아 문학사에서 이 작품만큼 풍요롭고 회화적인 시는 찾을 수 없을 것이다.

*　*　*

여러 서사시 중에서도 상당한 완성도를 보이는 『견습 수도사』역시 까프까즈를 배경으로 하고 있다. 러시아인들에게 포로로 잡혀 수도원에 가게 된 젊은 체르께스인은 수도사가 되기 위한 삭발례를 준비한다. 그러나 폭풍우가 세차게 치던 밤에 갑자기 그는 수도원에서 달아난다. 삼일 후에 그는 싸늘하게 죽어있는 시체로 어느 산에서 발견 된다. 죽기 직전 그는 한 늙은 수도사에게 자신의 지난 삶에 대해 이야기한다. 고양된 감정이 가득한 서정적 독백과 참회를 위하여 이 서사시는 씌어졌다. 견습 수도사는 강하고 정열적이고 반항적 기질을 지닌 인물이다. 그는 평안하고 조용한 삶을 거북해하고 자유, 폭풍우 같은 위험한 삶, 불꽃같은 정열 그리고 숙명적인 싸움을 원한다. 그에게는

불타는 가슴과 폭풍우 사이의
짧지만 생생한 우정

보다 달콤한 것은 없다.

자유를 노래하며 "불안과 전투가 있는 놀라운 세계"의 협곡과 절벽에서 보낸 사흘은 그에게는 진정 행복한 삶 그 자체였다.

　　『상인 깔라쉬니꼬프의 노래』는 전혀 다른 시적 분위기를 느끼게 해준다. 바이런의 영향을 받아 쇠잔한 가슴과 절망에 찬 이성으로만 이야기를 하던 레르몬또프가 난데없이 '러시아적 영혼'을 파헤치더니 민중예술의 비밀을 통찰한 듯 그들의 영혼과 호흡하며 작품을 써낸다. 이반 뇌제의 친위 대원이자 자신의 아내를 능욕한 끼리베예비치를 상대로 모스끄바 강변에서 주먹싸움에 나서는 상인 깔라쉬니꼬프, "일말의 은총도 베풀지 않으리라고" 호언하며 자신의 충직한 신하를 죽인 상인을 처형하는 짜르 이반 그로즈느이, 유부녀에 대한 욕정 때문에 목숨을 잃는 음탕하고 철면피한 친위대원 등 생생하고 간결하게 표현되는 이러한 모든 형상들은 민중서사시처럼 경쾌한 리듬 속에 펼쳐진다.

　　수많은 금빛 둥근 지붕이 있는 모스끄바 시 위로
　　끄레믈린궁의 하얀 돌벽 위로
　　멀리 보이는 숲과 푸른 언덕들로부터
　　아침노을이 판자지붕들 위에서 뛰어 놀다가
　　회색 구름을 사정없이 몰아치기도 하면서
　　걷히기 시작한다.

　　『우리 시대의 영웅』은 러시아 산문을 진일보시킨다. 레르몬또프의 소설은 그의 시와 대비된다. 감성, 형상, 다양한 색채, 인상적인 대비,

수사로 가득한 그의 시 스타일은 자주 '서정적 웅변'으로 나타난다. 노래하는 가수 대신에 우리는 자주 그의 시 속에서 웅변가, 설교자 그리고 폭로자를 발견한다. 반면에 그의 산문 양식의 장식없는 소박함은 우리를 놀라게 한다. 꾸밈이 적고 적확하며 간결한 것이 그의 산문이 지닌 특징이다. 레르몬또프는 커다란 붓으로 자신의 시를 다채롭게 칠하면서도, 산문을 꾸미는 도구로는 날카롭게 깎인 연필과 섬세한 조각칼이면 충분하다. 명암과 선명하고 화려한 색조를 드러내는 붓놀림이 그의 시 속에서 발견된다면, 산문에서는 굵고 가는 다양한 선(線)을 정확하고 단호하게 그려내고 있음이 보인다. 시속에는 모든 것이 정열적으로 타오르고 울려 퍼지며 향기를 내뿜는 반면, 산문에서는 모든 것이 청량하고 명징하다. 레르몬또프의 산문은 맑고 선명하며 탄력있다. 대기의 흐름처럼 그의 산문은 사물을 감싸 흐르면서, 그것의 형태와 균형의 비율을 짚어내고 전체를 조망한다. 물론, 레르몬또프는 뿌쉬낀에게서 많은 것을 배웠으나, 뿌쉬낀의 엄격한 건조함을 완화하고 설명하기 어려운 새로운 매력을 더하여 선배 작가의 집필양식을 놀랄 만치 일신(一新)하였다.

『우리 시대의 영웅』은 모든 세대의 러시아인을 대표하는 뻬초린에 관한 이야기이다. 그는 뿌쉬낀이 창조한 오네긴의 동생으로서 보다 음울하고 덜 온후한 인물이다. 오네긴은 자신의 우울증과 '차가운 가슴'에도 불구하고 여전히 '착한 소년'이고 '해럴드의 망토를 입은 모스끄바인'이다. 그는 지루해하고, 울적함에 빠져있고, 삶을 불평하지만, 영혼 깊숙이 삶을 사랑한다. 그러나 뻬초린은 그렇지 않다. '시대의 질

병'이 세대에서 세대를 거치며 더욱 깊어진 것이다. 불신, 의심, 냉정함의 질병이 삶의 수원(水源)까지 이미 파고들어 있다. 오네긴은 그저 '괴짜'지만 뻬초린은 '정신적 불구자'이다. 오네긴은 젊은이 특유의 경솔함과 허세, 당시 유행하던 환멸감으로 따찌야나를 거부하고, 사교계의 비판에 대한 불안과 순간적인 분기(憤氣)로 인해 결투에서 친구를 죽이지만, 곧 상응한 대가를 치르게 되지 않는가! 뻬쩨르부르그에서 다시 만난 '가엾은 따냐'를 그는 얼마나 격정적으로 사랑하게 되는가! 매일같이 렌스끼의 '피투성이 망령'이 나타날 때 그는 양심의 가책 때문에 얼마나 괴로워하는가!

그러나 뻬초린은 이미 사랑을 할 줄도 참회를 할 줄도 모른다. 그의 심장은 메말랐고, 예리하나 모든 것이 조각난 이성은 자기 자신조차도 냉정하게 바라볼 뿐만 아니라, 자신의 모든 시도를 무력하게 만든다. "인생의 폭풍우로부터 – 뻬초린은 말한다, – 나는 몇 가지 사상만을 끌어냈을 뿐, 감정은 하나도 끌어내지 못했습니다. 나는 오래 전부터 이미 마음이 아닌 머리로 살고 있지요. 나는 조심성 있는 호기심으로, 그러나 동정을 배제한 채, 자신의 개인적인 열정과 행동을 저울질해보고 검토합니다. 나에게는 두 사람이 있습니다." 오네긴에서 겨우 느껴지던 분열성이 뻬초린에게서는 비극적 반목으로 변형된다. 그는 냉정한 관찰자이자 실험가이다. 인간에 대한 무시무시한, 거의 악마적인 실험이 〈공작의 딸 메리〉 편에 전개된다. 빠찌고르스끄에서 젊고 아름다운 공작의 딸 메리 리고프스까야를 만난 뻬초린은 간교하고 복잡한 사랑의 게임을 한다. 처음에 그녀는 뻬초린을 미워하게 되나 점차 호기심과 질투, 연민과 애착을 느끼더니, 결국에는 깊은 사랑을 하게 된다. 뻬초린은 마치 노련한 연출가처럼 다양한 등장인물들에게 적합한 배역을 맡기고 모든 상황의 맥락을 좌지우지한다. 그에게는 사랑도, 존경도, 행복도 필요하지 않다. 그는 많은 영혼 위에 군림하는 무한한 권력을 취할 수 있는 냉정한 의식(意識)만 있으면 충분하다. "야심이란 – 그는 말한다, – 다름 아닌 권력욕이며, 나의 첫째가는 만족은 나를 둘러싸고 있는 모든 사람들을 나에게 복종시키는 것이다." 이것은 정신적 전횡(專橫)이자 타인의 고통을 양분으로 섭취하는 탐욕스러운 오만에 다름 아닐 뿐만 아니라, 그의 용의주도한 '욕망의 게임'은 그의 형상에 악마성을 부가한다. 그는 기진맥진한 공작의 딸에게 사랑 고백을 얻어내고자 한다. 그는 이 순간을 기다리며 — 자신에게는 그저 코

미디이지만 — 취할 수 있는 모든 행동을 한다. 그 순간은 그에게 승리의 순간일 뿐이다. 메리의 사랑 고백에 뻬초린은 대답한다. "나는 당신을 사랑하지 않습니다."

메리와의 사랑놀이와 동시에 뻬초린은 다른 사랑 게임을 한다. 옛 연인 베라를 만난 그는 무료함을 달래기 위해, 비록 그녀가 유부녀이지만, 연인관계를 다시 시작한다. 그녀는 자신의 평온함, 명예, 어쩌면 목숨까지도 희생한다. 하지만 희생의 열매는 열리지 않을뿐더러, 그가 결코 자신을 사랑하지 않는다는 사실을 깨닫고서 그녀는 그로부터 떠난다.

『우리 시대의 영웅』의 다른 부분인 〈벨라〉에서 뻬초린은 까프까즈의 족장 딸인 야성적 미녀 벨라를 유인하여 쩨레끄 강 뒤편의 요새로 유괴한다. 뻬초린은 순결하고 도도한 벨라를 사랑하지 않았지만 그녀의 저항이 그를 자극한 것이다. 그는 메리에게 그랬던 것처럼 벨라에게도 실험을 한다. 뻬초린은 이 자유롭고 순결한 피조물을 자신에게 복종시키고 싶을 따름이다. 이 실험을 위한 수단은 예전보다 한결 간단하다. 이 불쌍한 야생녀를 길들이기 위해서 조야한 위로의 말, 위협 그리고 선물이면 족하다. 벨라는 정복된다. 그녀는 명예, 고향 마을, 그리고 자유로운 삶을 모두 잊고 사랑에 빠진다. 그러나 실험은 끝나고 뻬초린은 그녀를 버린다. 다행히도 강도의 유탄 한 발이 애달픈 그녀의 삶에 종지부를 찍는다. 선량한 대위 막심 막시모비치는 자신의 부하 뻬초린을 위로한다. 그러나 뻬초린은 "고개를 들고 웃음을 터뜨린다." 막심 막시모비치는 덧붙인다. "그때 나는 온 몸에 한기를 느꼈습니다."

〈따만〉과 〈운명론자〉는 **뻬초린**을 설명하는 데 있어서 더 이상 새로운 것을 보태지는 않는다. 〈따만〉에서는 **뻬초린**을 보트로 꾀어 익사시키려고 한 밀수업자 여인과의 모험이 그려져 있고, 〈운명론자〉에서는 자신의 운명을 직접 체험하고자 하는 중위 불리치의 이야기가 묘사된다. 불리치는 자신을 향해 직접 총을 쓰나 불발이 되어 살아남는다. 그러나 그날 밤, 술에 취한 한 까자끄의 검에 살해된다.

레르몬또프는 **뻬초린**의 형상 속에서 당시 러시아의 '시대적 질병'을 저 깊은 심연까지 파헤친다. 권세욕, 냉혹함, 무위로 뒤덮인 강한 개성은 자기 분열로까지 치닫는다. 모든 노정은 끝이 났다. 낭만적인 아름다운 악마는 제위를 찬탈당한다.

ИСКРЫ

I г. изданія

№ 7

ИЛЛЮСТРИРОВАННЫЙ
ХУДОЖЕСТВЕННО-
ЛИТЕРАТУРНЫЙ

и ЮМОРИСТИЧЕСКІЙ
ЕЖЕНЕДѢЛЬНЫЙ
ЖУРНАЛЪ
СЪ КАРИКАТУРАМИ

изданія

190

Выходитъ 16 февраля 1902 г.

고골

Памяти Н. В. Гоголя.

„Горькимъ словомъ моимъ посмѣют
Іеремія

Прекрасный стихъ Іереміи
Украсилъ памятникъ ему...
Склонитесь, всѣ сыны Россіи,
Почтить слова его живыя —
Поклономъ чувству и уму!..

Сегодня — *тризна*... Вмѣстѣ съ нею
И *праздникъ* нынче нашъ, друзья!
Иначе я назвать не смѣю
Тотъ день, когда мы чтимъ идею
Въ лицѣ служителя ея...

Молитесь!.. Искренно молитесь,
Чтобъ больше было дней такихъ,
Чтобъ яркой мысли русскій витязь, —
Какъ этотъ, кѣмъ вы такъ гордитесь, —
Еще родился въ этотъ мигъ!..

СЕРГѢЙ ПОПО...

Н. Гоголь

† 21-го февраля 1852 года.

생생한 인물들을 창조해내는 고골의 상상력은 현실을 그리 중시하지 않는다. 그는 특유의 '환상적 리얼리즘'을 구사하는데, 그것은 개연성이 아니라 완벽한 확실성이자 예술적 상상의 독창성이다. 〈죽은 혼〉을 두고 니꼴라이 1세 치하의 러시아를 논하는 것은 어리석은 일이다. 고골의 세계는 자신만의 법칙으로 운영되며, 그의 마스크들은 진짜 인간들보다 더 살아있는 듯하다.

고골(1809~1852)

　니꼴라이 바실리예비치 고골은 소러시아계의 오래된 가문 태생이다. 그의 중조부는 신부였고 아버지는 희곡 작가로서, 자신의 유머와 문학적인 재능을 아들에게 물려준다. 고골은 1809년 뽈따바 현에서 태어난다. 그의 어머니 마리야 이바노브나는 무척 종교적이면서도 미신을 믿고, 의심이 많은 사람이었다. 그녀는 전 생애를 말할 수 없는 공황 속에서 보냈다. 고골은 다음과 같이 쓴다. "한번은 제가 어머니께 최후의 심판에 관해 이야기를 해달라고 했더니, 어머니께서는 어린 저에게 선한 생을 살아 낸 인간들을 기다리는 행복에 대해서 무척이나 이해하기 쉽고 감동적으로 말씀해 주셨습니다. 또한 어머니께서는 죄인들의 영원한 고통을 무섭지만 확실하게 각인시켜 주셨습니다. 이런 어머니의 이야기들은 저에게 강렬한 인상을 남겼으며 제 안의 민감한 성정을 일깨워 줬습니다. 이것은 후에 제가 가장 고귀한 생각들을 할 수 있게 만든 원동력이기도 합니다." 고골은 신에 대한 사랑과 함께 성장한 사람들과는 다른 부류에 속한다. 그는 사랑이 아닌 공포로부터 신을 느낀다. 어머니에 의해 광적으로 묘사된 최후의 심판이 보여준 무시무시한 정경은 그에게 '강렬한 인상'을 남긴다. 그는 약하고 민감하며, 정신적으로 불균형한 아이로 자라면서 불가항력적인 두려움을 느낀다. 어린 시절부터 그는 죽음과 내세에서의 형벌을 두려워한다.

1821년에 고골은 네진 김나지움에 입학하여 7년 동안 수학한다. 그는 공부를 잘 못했고 친구들과도 친하게 지내지 못했다. 리쩨이 시절 고골의 친구 A. 다닐레프스끼는 다음과 같이 말한다, "동료들은 그를 사랑했으나 '비밀스런 난쟁이'라고 부르기도 하였다. 반면에 고골은 동료들을 비꼬았고 조롱했으며 별명 붙이기를 좋아했다." 고골은 스스로를 낭만적 주인공으로 여기고 '군중'을 무시했다. 그는 자신의 위대한 사명과 '직무'를 확신했고 찬란하게 펼쳐질 미래의 영광을 위하여 뻬쩨르부르그로의 상경을 원한다. 새로운 삶을 시작하기에 앞서 그는 "네바 강 쪽으로 창이 난 밝은 방"을 꿈꾸며 자신만만하고 그럴듯하게 자신의 의중을 어머니에게 이야기한다. "중대하고 고결한 것을 드높이기 위해, 조국을 위해, 민중의 행복을 위해 저의 힘을 사용하여 볼 것입니다. 그 때까지, 불확실한 저의 자아가 정열적으로 불타오르도록 하겠습니다. 일 년 후에 저는 공무에 종사하게 될 것입니다."

1829년에 고골은 뻬쩨르부르그로 간다. 수도는 그를 반갑게 맞이하지 않는다. 그는 "네바 강 쪽으로 창이 난 밝은 방"에 머물지 못하고 4층짜리 커다랗고 어두운 건물의 한 구석에 자리를 잡게 된다. 그는 "마치 사막에서" 사는 것 같았고, 곧 "우울증이 닥쳐온다." 직장을 잡

반두라 연주를 듣고 있는 고골, 볼꼬프의 그림

는데 실패하자 고골은 자신이 네진에서 쓴 서사시 『한스 큐헬가르텐』
을 떠올린다. 그는 자신의 마지막 돈까지 톡톡 털어 알로프라는 필명으
로 이 작품을 출간한다. 이후 가혹한 비평을 접한 고골은 시중에 남아
있던 재고들을 모두 회수하여 불태워버린다. 모욕감을 느낀 고골은 어
디론가 도망칠 생각을 하게 된다. 그는 독일의 류벡으로 떠난다. 한 마
디도 알아들을 수 없는 언어를 사용하는 낯선 사람들이 사는 도시에서
고골은 자신을 돌아보고 각성한다. 도망자는 다시 뻬쩨르부르그로 돌
아와 내무성에 일자리를 얻고 문학가와 잡지 관계자들과 교류하게 된
다. 1831년에 『지깐까 근교의 야화』를 출간하고 뜻밖의 명성을 얻게 된
다.

　뿌쉬낀은 고골의 작품 『지깐까 근교의 야화』를 대환영했다. "이 작
품 속에는 자연스러운 진정한 즐거움이 가득 차 있고, 격식에 얽매이는
고리타분함은 전혀 보이지 않는다. 곳곳에 시와 감성이 속속들이 배어

있다.” '벌치기 루드이 빤꼬'에 의해 쓰인 이 이야기는 “춤추고 노래하는 부족의 생생한 묘사(뿌쉬낀의 말 — 모출스끼)”를 통해 독자들을 매료시켰다. 『지깐까 근교의 야화』를 보는 순간 인쇄 식자공부터 시작하여 모든 사람이 웃음을 터뜨렸다.

안개 자욱한 뻬쩨르부르그에서 우수에 잠긴 고골은 햇살 가득한 고향 우크라이나의 매력적인 생활상, 즐거운 놀이, 민중들이 입고 다니는 다양한 의상, 요란한 축제, 시장, 성탄절 전야의 축가 등을 떠올린다. 30년대 초반 러시아 낭만주의 사조는 민중성을 지향하며, 구비문학, 영웅서사시, 동화, 민요와 민간 신앙 등을 발굴하였다. 고골이 펼쳐놓은 소러시아는 독자들에게 새로운 마법의 세계로서 밝고 아름다운 노래가 넘치는 곳이었다.

고골은 어머니에게 옛 의상, 각종 집기, 의례, 전설 등에 관한 자세한 설명을 보내달라고 청한다. 그는 진심으로 현실을 정확하게 묘사하는 작품으로 『지깐까 근교의 야화』를 쓰고 싶었으나, 결국 이 작품은 용기 있는 젊은이들과 사랑에 빠진 이들, 아름다운 여인들, 다혈질의 사람들 그리고 온화한 사람들이 넘치는 먼 나라의 매혹적인 이야기가 된다. 이곳에선 늙고 굼뜬, 한마디로 태평한 까자끄인들이 긴 파이프로 담배를 피우며 자신의 무용담을 떠벌리고, 트집 잡기를 좋아하는 노파가 남편에게 멋들어지게 욕을 해대고, 양녀를 학대하고, 마귀와 간책을 꾸민다.

『성탄 전야』에서 시골 마을의 미녀 솔로하는 빗자루를 타고 날아다니고, 착한 대장장이 바꿀라는 검은 눈썹의 옥사나에게 선물할 구두를 구하기 위해 여제를 만나러 떠난다. 이 작품에서 팔을 데인 악마는 달을 훔치고, 젊은 남녀들은 눈밭 위에서 춤추고 노래한다.

『소로친스끄 시장』의 악마는 자신의 빨간 스웨터 조각들을 모으기 위해 시장을 쏘다니고, 솔로찌 체레빅은 못된 아내와 싸운다. 집시들은 사랑에 빠진 그리쯔꼬가 파라스까와 결혼할 수 있도록 계책을 꾸민다. 그리고 무시무시한 돼지 낯짝이 창밖에서 불쑥 나타나 "거기서 뭣들 하시오, 선량한 양반들?" 하고 물어보는 양 사방을 휘휘 둘러본다.

『지깐까 근교의 야화』는 즐거우면서도 무섭다. 루드이 판꼬의 유머에 매료당한 독자들은 그가 이야기하는 무시무시한 환상에 미처 주의를 기울이지 못한다. 사실 『성탄 전야』『소로친스끄 시장』『실종된 문서』『마법에 걸린 장소』의 악마들은 그저 우습기만 하다. 그러나 『오월의 밤』『이반 꾸빨라 전야』에서는 공포가 유머를 압도하고, 『무서운 복수』에 이르면 웃음을 찾아내기 어렵다. 민중적 전통과 상관없이 고골은 바사브류꼬와 까쩨리나의 아버지인 마법사를 기괴한 형상으로 만들어낸다. 달빛 괴괴한 밤마다 무덤에서 드네쁘르 강변으로 나오는 시체들, 마법사와 기병과의 격투, 까쩨리나의 영혼을 소환하는 것 등은 『야화』에서 가장 강렬한 느낌을 주는 장면들이다. 인간의 삶속에 악마적 힘이 개입한다는 생각은 끈질기게 고골을 사로잡았다. 작가는 이 악마적 힘과의 투쟁의 결과를 비관적으로 인식했기 때문에 민중들의 이야기에서 흔한 선의 승리라는 순진한 결말을 의식적으로 피했다.

『지깐까 근교의 야화』의 성공은 고골을 고무시켰다. 그는 새로운 소설을 구상하고, 희극을 쓸 궁리를 하고, 소러시아의 역사를 공부하

글을 쓰고 있는 고골, 볼꼬프의 그림

고, 학문적 업적을 꿈꾼다. 작가는 지인들의 도움으로 대학에서 중세 관련 역사 강의를 하게 되나 내용도 없고 맥 빠진 강의를 한다. 충분한 강의 준비를 하지 않은 탓에 수강생들은 그에게 집중할 수 없었고, 이러한 실패는 자존심 강한 고골을 안정시킬 수 없었다. 고골은 뽀고진에게 다음과 같이 편지를 썼다 "나는 대학과 인연이 아닌 것 같소, 나는 의미 없이 강단에 섰다가, 의미 없이 강단에서 내려왔소. 지난 반 년은 불명예스러운 시기였소. 사람들이 말하기를 내가 적합한 일을 찾지 못했기 때문이라고 하오." 그는 학생시절부터 '사회에 기여' 하는 것을 꿈꾸어 왔으나, 자신이 아카데믹한 일에 적합하지 못하다는 점이 괴로웠다. 이때부터 고골은 문학에 전념하기 시작한다. '인류의 행복에 기여하는 봉사' 가 바야흐로 펼쳐지기 시작한다.

1835년 두 개의 선집 『아라베스크』 『미르고로드』가 출간된다.

『지깐까 근교의 야화』의 소란스런 유쾌함의 이면을 관통하는 절망과 파멸의 느낌은 새로운 이야기들 속에서 더욱 확대되고 깊어진다. 고골은 어둠의 힘이 지배하는 세상을 바라본다. 그는 "우리의 삶을 에워싸고 있으나 무심한 눈에는 보이지 않는 매우 강렬한 인상을 주는 사소함의 극치와 자잘하고 무심한 평범한 인물들의 속내 등 숨겨진 모든 것을 밖으로 드러내는 데" 탁월한 능력을 지니고 있다.

『옛 기질의 지주』에서 작가는 조용하고 행복한 삶을 영위하는 노부부 아파나시 이바노비치와 뿔헤리야 이바노브나에 관한 글을 쓴다. 이 작품은 필레몬과 바우키스[27]의 사랑에 관한 고대 전설을 생각나게 한다. "그들의 삶은 정말 평온하고 조용하였다, 잠깐이라도 정욕, 욕구, 악령의 불안한 개입은 〈……〉 전혀 없었다." 그러나 노부부의 장난감 같은 천국을 둘러싸고 있는 울타리는 얼마나 빈약한가! 아파나시 이바노비치와 뿔헤리야 이바노브나는 소박한 행복을 느끼며 산다. 하도 왕래하다 보니 평평해진, 창고에서 부엌까지 이어진 작은 길, 담장에 걸어 놓은 말린 사과와 배, 희한한 소리를 내는 문이 달린 따뜻하고 깔끔한 방, 만들 수 있는 모든 잼과 소금에 절인 음식이 가득한 창고가 있는 작은 집이 노부부의 안락한 세계이다. 감동어린 사랑의 마음으로 작가

---

27) 그리스 신화에 등장하는 인물로 필레몬은 인간으로 변장하고 방문한 제우스와 헤르메스를 극진히 대접했다. 접대를 흡족히 여긴 신들은 그에게 소원을 물었다. 착하고 소박한 필레몬은 신전을 지키며 살게 해줄 것과 사랑하는 아내와 같은 날 같은 시간에 죽게 해달라는 소원을 말했다. 소원이 이루어져 두 부부는 신전을 지키며 오랫동안 화목하게 살았고 훗날 서로의 몸에서 나뭇잎이 돋아나고 가지가 자라는 모습을 지켜보며 함께 죽었다. 그들은 각각 참나무와 보리수로 변하여 선하고 사이좋은 부부의 전설로 남아 있다.

고골, 1841년 이바노프의 그림

는 노부부의 정직, 소박, 겸손, 손님의 환대 그리고 두 노인의 지극한 상호간의 사랑에 대해 이야기한다. 그러나 사랑도, 정직도 이 무방비의 행복을 지켜내기에는 역부족이다. '악령'은 여윈 도둑고양이의 모습을 하고 그들의 천국에 침입한다. 죽음과 고통이 다가오는 순간이다. 어둠의 힘을 표현하기 위하여 고골은 더 이상 우크라이나의 이야기 속에 나오는 악마들에 의존하지 않는다. 죽음의 전조로 여겨지는 회색빛 고양이의 울음소리가 "돼지 마냥 둥근 코를 한 낯짝"의 악마가 추는 춤보다 더욱 두렵다.

미신을 믿는 뿔헤리야 이바노브나는 도둑고양이가 죽음을 가져올 것이라고 믿는다. 그녀는 유언을 하고 침대에 누운 채 죽는다. 5년 후에 아파나시 이바노비치는 죽은 아내가 부르는 소리를 듣고 평온하게 죽는다. 무엇을 위해 이 선량하고 정다운 노부부가 살았을까? 그들의 삶의 의미를 어디에서 찾을 수 있을까? 왜 그들은 한낱 무의미한 미신 때문에 죽음에 이르게 되는가? 이 지점에서 "우리의 삶을 에워싸고 있는 보이지 않는 매우 강렬한 인상을 주는 사소함의 극치"라는 작가의 말을 떠올릴 필요가 있다.

『이반 이바노비치와 이반 니끼포로비치가 싸운 이야기』는 아주 외지고 고립된 세계에서 사는, 친구사이인 두 지주 간에 일어난 사건에 관한 이야기이다. 마치　지구상의 우정이란 것이 사랑만큼이나 우연하고 무의미하며 도움이 안 되는 것이라는 것을 고골은 이야기하려는 듯하다. 오랫동안 매우 친밀하고 평온한 이웃으로 살아온 두 지주는 서로서로에게 가족일 뿐만 아니라 세상 전체라고 해도 과언이 아니다. 이반 이바노비치는 화려한 언변으로 이반 니끼포로비치에게 정치관련 소식을 전해주고, 사람들과 교제할 때 좀 더 세심하게 배려할 것을 지적해주고, 자신의 깊은 통찰력을 멋들어지게 보여주는 것을 좋아한다. 게으르고 둔한 이반 니끼포로비치는 참외를 맛있게 먹으며 친구의 달변을 듣기를 좋아한다. 그는 악의 없이 친구의 자존심을 놀려대고, 자신의 예리한 판단력으로 이반 이바노비치를 놀라게 하는 것을 좋아한다. 이들의 이러한 상황은 매일같이 반복되어 삶의 습관이 된다. 두 친구는 서로에게 힘이 될 뿐만 아니라 큰 행복을 느낀다.

　그러다가 사건이 발생한다. 이반 이바노비치는 이반 니끼포로비치의 오래된 총을 마음에 들어 하나, 이반 니끼포로비치는 이반 이바노비치에게 그것을 양보할 생각이 없다. 그들은 말다툼을 하게 되고 한 사람이 다른 사람에게 '거위' 라고 부른다. 이 다분히 악의 없는 단어하나가 매우 치욕적으로 여겨지고, 싸움이 일어나게 되며, 다년간의 소송으로 이어진다. 사랑은 순식간에 증오로 변질되고, 과거의 친구들은 자신들에게 내재되어 있던 혐오스런 졸렬함, 적의, 교활함을 유감없이 발휘한다. 작가는 자신의 이야기를 영탄법으로 끝낸다. "여러분, 이 세상은 정말 지루하군요!" 저속함, 저열한 욕망, 악의적인 유언비어가 넘실대는 시골도시의 소택지, 재판의 지연, 무고, 하소연, 뇌물, 간계, 고소장과 청원서 다발이 담긴 군(郡) 재판소 상자, 미르고로드의 대로에서 발견된 '놀라운 거짓말', 이 모든 것들이 무료하기 짝이 없다. 저급하고 빈약한 삶, 저열하고 속물적인 영혼, 그리고 혐오스런 세상이 고골의 가차 없는 시선에 의해 적나라하게 드러난다.

『비이』에서는 신학생 호마 브루뜨가 백부장의 딸인 마녀의 관 앞에서 시편을 읽는다. 죽은 여인의 아름다움이 그를 정신적 공황에 빠뜨린다. 고골은 미의 의미에 대해 깊게 생각한다. 그는 여인에 대한 사랑을 몰랐을 뿐만 아니라 그러한 감정을 무서워했다. 그는 사랑의 감정이 자신의 영혼을 파괴하지 않을까 두려워했다. 그는 자신의 친구인 다닐레프스끼에게 "이 감정의 불길이 나를 순식간에 재로 만들어 버릴 것 같다"라고 편지를 쓴다. 호마 부르뜨는 미의 마성적 힘에 의하여 파멸한다. 죽은 미인은 관에서 일어나고, 악한 영혼들이 교회로 들이닥치고, 마침내 온통 손과 발이 흙으로 뒤덮인 무시무시한 괴물 '비이'를 불러낸다. 철로 된 얼굴을 가지고 있는 괴물의 눈꺼풀은 땅까지 늘어져 있다. 그가 호마를 손으로 가리키자, 신학생은 땅으로 쓰러지며 숨이 끊어진다.

『미르고로드』에는 역사소설인 『따라스 불바』가 수록되어 있다. 소러시아 역사에 관한 방대한 작품을 구상한 고골은 각종 문서, 전설, 민요 등을 수집한다. 그는 학문적이고 객관적인 역사연구 대신에 자뽀로쥐예의 영광스런 과거에 대하여 영감어린 서정적 서사시를 쓴다. 『따라스 불바』는 역사가의 냉정한 서술이 아니라 믿음과 조국을 위하여 싸운 영웅들에 대한 웅장한 찬가이다. 고골은 스스로 "생생한 울림이 있는 연대기"라고 칭한 우크라이나적 정서의 프리즘을 통해 과거의 까자끄인들을 바라본다. 그는 이야기를 하기 보다는 차라리 노래를 부른다. 이점이 이 작품의 어조를 고양되게 하여, 마치 수사적 웅변을 보고 있는 것처럼 만든다. 산문의 리듬은 시적 언어의 리듬으로 변화하고, 형상, 비교, 서사시적 재현은 서정적 흐름과 함께 흘러간다. 용감하고 낙천적이면서 엄격한 따라스, 그의 아들들인 준엄하고 호전적인 오스따프와 낭만적 사랑에 빠지는 열정적인 안드리가 반은 역사고 반은 이야기인 이 작품의 전면에 위치한다. 야성적 힘과 저돌적인 정열로 가득한 이 기사들의 형상은 평범한 인간의 형상보다 우위를 점한다.

신학교에서 막 돌아온 두 아들을 데리고 따라스는 자뽀로쥐예로 향한다. 자유롭고 태평한 까자끄인들의 생활은 물불 안 가리는 용기 그자체이다. 폴란드 여인을 사랑하게 된 안드리는 까자끄인에 의해 포위된 도시로 들어가게 되고, 이후 조국을 배신하게 된다. 따라스는 자신의 손으로 직접 그를 죽이게 된다. 오스따프는 폴란드인의 포로가 되고, 그의 아버지는 군중 속에서 그가 사형당하는 모습을 지켜보게 된다. 참기 힘든 고통 속에서 오스따프는 소리친다. "아버지! 어디 계십니까? 당신은 이것을 모두 지켜보고 계십니까?" 따라스는 자신의 정체를 드러내며 대답한다. "보고 있다!" 후에 그는 잔인하게 아들의 죽음에 대한 복수를 하게 되나, 결국 폴란드인에게 붙잡혀 화형을 당한다.

대담한 전투, 용감한 공적, 영웅적인 행동, 긴장감 넘치는 극적인 사건 그리고 고양된 감정과 열정 등이 고골이 써 낸 서사시에 낭만적 매력을 덧칠한다. 또한 이 작품 속에 그려진 남부지역의 아름다운 경관을 떠올리자면, 이 지역이 러시아 젊은이들에게 어떠한 낭만적 영향을 주었는지 자명해진다.

『따라스 불바』에서 고골은 낭랑한 노랫소리가 울려 퍼지는 아름다운 과거인 소러시아와 작별을 하게 된다. 그는 뻬쩨르부르그에서의 생활과 관료 세계와의 교류를 통해 이제까지와는 다른 새로운 주제와 문학적 태도를 견지하게 된다. 그는 이제까지의 화사한 낭만주의와 화려한 장식을 제쳐두고, 단조로운 일상과 뻬쩨르부르그 관리의 초라한 삶의 사소한 일들을 정확하게 그려내려고 노력한다.

『외투』에는 학대받는 작고 가엾은 관리 아까끼 아까끼예비치 바쉬마치낀이 등장한다. 운명에 의해 조롱받고 비하된, 겁에 질린 그는 문서를 기계적으로 베끼는 일 외에 아무것도 할 줄 모른다. 그는 대명사와 감탄사를 주로 이용하여 말을 하고, 자신을 조롱하는 동료들을 두려워하며 상사 앞에서는 오금을 못 편다. 그는 자신의 비참한 삶에도 불평한마디 없고, 운명을 한탄하지도 않으며, 너무나 온순해서 아무에게도 대항하지 못하는 인물이다. 다만 아주 가끔씩 젊은 동료들이 지나칠 정도로 놀려대어 도저히 일을 할 수가 없을 때 조용히 그저 몇마디 뱉어낼 뿐이다. "저를 그냥 내버려 두세요! 왜 그렇게 놀리는 겁니까?" "그가 발음하는 단어와 그 목소리에는 뭔가 희한한 점이 있었다. 그의 모습 속에는 딱한 마음이 생기게 하는 뭔가가 있어서, 한번은 다른 동료들과 마찬가지로 그를 놀리던 젊은 관리 하나가 뭔가에 찔린 것처럼 화들짝 놀라 그를 놀리기를 그만두었으며, 그때부터 아까끼 아까끼예비치 앞에서 이 젊은 관리의 태도가 바뀌어 버린 것 같았고, 젊은 관리 자신의 모습도 달라진 것 같았다. 그 후로 이 젊은 관리는 고상한 상류층 인사들로 여기고 사귀었던 동료들과도 어떤 이상한 힘에 의해서 멀어지게 되었다. 이후로도 오랫동안 가장 즐거운 순간에도 머리가 벗겨진 조그만 관리 하나가 '저를 그냥 내버려 두세요! 왜 그렇게 놀리는 겁니까?' 라고 애처롭게 말한 것이 불현듯 떠오르는 것이었다. 그리고 이 애절한 말 속에 '나는 너의 형제야!' 라는 말이 울려 퍼지는 것 같았다."

이 경탄할만한 장면이 아까끼 아까끼예비치에 대한 우리의 태도를 한순간에 바꿔 버린다. 아둔하고 우스운 존재이자 기계적인 필사만을 하는 아까끼 아까끼예비치에게서 슬픈 인간의 얼굴을 보게 되고, 이윽고 우리의 웃음은 참을 수 없는 연민으로 바뀐다. '자연파'의 창시자인 고골은 눈에 띄지 않게 고통을 받고 사회적 불공정속에 던져진 온순하고 유약한 희생자들인 '작은 인간'의 세계, 가난하고 초라하고 비참하며 '학대를 받고 모욕을 당하는' 영혼들의 세계를 그리는 러시아 문학의 새로운 지평을 연다. 대중을 경멸하고 사회에 저항하는 오만하고 비밀스런 개성을 지닌 채, 인생에 대한 환멸과 비애를 품고 자신의 비범함에 도취된 낭만주의적 주인공들에 이어서 『작은 인간』은 좀 더 친근하고 살아있는 모습으로 다가온다. "나는 너의 형제야!"라는 고골의 말은 뚜르게네프, 도스또예프스끼, 네끄라소프 그리고 똘스또이의 반향을 불러일으킨다. 이제 러시아 문학은 천대받고 불행한 사람들의 영혼에 대한 애착과 사랑, 그리고 왜소한 형제들에 대한 박애적인 태도로 가득 찬다. 또한 러시아 문학은 인간의 가치와 고통스런 운명을 개선시키기 위한 투쟁에 나선다. 러시아 문학의 휴머니즘과 박애주의는 고골에서부터 나타나며, 바로 이 점에 그의 위대한 공적이 있다.

아까끼 아까끼예비치는 자신의 외투가 이제 너무 낡았다는 것을 느끼고 새 외투를 살 돈을 한 푼 두 푼 모으기 시작한다. 그는 덜 먹고, 장화가 닳을까봐 발끝으로 걸어 다니며 집에서는 옷값을 절약하려고 한 벌의 내복만 입는다. 그는 새 외투를 살 수 있다는 기대를 가지고 모든 궁핍을 견디며 금욕적인 고행자처럼 생활하여 결국 외투를 얻게 된다. 동료들은 이 기쁜 일을 축하하기 위해 그를 초대한다. 그러나 집으로 돌아가던 길에 강도들이 그에게서 외투를 빼앗아 가 버린다. 아까끼 아까끼예비치는 외투를 강탈당한 것에 대해 청원과 신고를 하려고 각종 관청을 전전하나 고위층 인사는 그를 "몹시 비난하며" 위협적으로 발을 구른다. 그는 비통함을 못 이겨 병이 나고, 곧 죽게 된다.

이상이 불쌍한 한 관리의 단조롭고 애처로운 이야기의 전부이다. 따뜻한 솜 외투를 가지는 것이 자신의 가장 멋지고 원대한 꿈이 될 정도라면, 도대체 어떤 정신적 고립과 소외 속에서 살아왔단 말인가! 하지만 그는 자신이 처한 불완전성과 인간적 소외에도 불구하고 자신의 꿈을 이루려는 의지력과 영웅적인 인내심을 가지고 있다. 그가 신에게서 받은 능력을 헛되이 낭비하고, 그가 지닌 인생의 목적이 너무나 저급하다 하여, 모든 죄가 그에게 돌아가야 하는가? 냉담과 이기주의에 빠져 자신의 형제를 무심히 지나치는 우리에게 죄가 있지는 않을까?

또 다른 뻬쩨르부르그 이야기 『광인 일기』에서 고골은 고위관료의 사무실에서 펜을 깎는 하급관리 뽀쁘리쉰을 묘사한다. 그는 말없는 아까끼 아까끼예비치 보다는 발전적이고, 지각이 있으나, 그를 보다 괴롭히는 것은 자신의 모욕적인 처지이다. 그의 영혼의 드라마는 상관의 딸에 대한 가망 없는 사랑으로 인해 더욱 심화

주꼬프스끼 집에 모여있는 시인들,(맨 왼쪽서 있는 사람이 고골이고 중앙에 팔짱을 끼고있는 사람이 뿌쉬낀이다.)

된다. 이성은 그를 지탱해주지 못하고 결국 그는 심리적으로 병들게 된다. 그의 병 — 과대망상증 — 은 살아오는 동안 그의 자존심에 가해진 모든 모욕들을 보상해주는 듯하다. 이제 그는 상관의 시종으로부터 조롱당하는 가엾은 하급관리가 아니라, 스페인의 왕 페르디난트 8세이다. 고골은 자기 주인공의 정신적 질병이 점차적으로 진행되는 과정을 놀라운 통찰력으로 분석해낸다. 우리는 환각과 망상이 뽀쁘리쉰의 영혼을 점차 장악해가는 과정, 기력이 쇠한 그의 영혼이 그것들과 싸우는 모습, 광기의 어둠이 그의 영혼을 뒤덮어버리는 것을 보게 된다. 고통스러운 연민 없이는 광인의 하소연을 읽을 수가 없다. "아냐, 나에게는 이제 더 이상 힘이 없어. 맙소사! 그들이 나에게 무슨 짓을 한 거지! 그들은 나를 쳐다보지도 않고 내 말을 듣지도 않아. 내가 그들에게 무엇을 했기에? 대체 무엇 때문에 그들은 나를 괴롭히는 걸까? 가엾은 나에게 그들이 원하는 게 뭐지? 내가 그들에게 해줄 수 있는 게 뭐지? 내가

가진 거라곤 아무것도 없는데... 성모님, 당신의 병든 자식을 불쌍히 여기소서!... 그런데, 알제리 국가원수의 코밑에 혹이 나있다는 걸 혹 아실런지요?"

1835년 10월 7일 고골은 뿌쉬낀에게 희극의 소재가 될 만한 일화를 요청한다. "부디 얘깃거리를 주십시오. 5막짜리 희극이 단숨에 탄생할 것입니다. 기막히게 우스울 겁니다." 뿌쉬낀이 그에게 어느 황량한 지방 도시에서 위엄 있는 감찰관 행세를 하는 하급관리에 관한 일화를 들려주자, 12월 6일 고골은 희극이 이미 모양새를 갖추었음을 전한다. 그렇게 〈감찰관〉은 두 달이 채 못돼서 씌어졌다.

희극의 줄거리는 매우 간단하다. 그것은 전통적인 Quid pro quo[28] 기법으로 구축된다. 한 사람이 다른 사람을 접견한 후 우스운 소동이 벌어지고, 오해, 흥미진진한 속임수와 실수가 벌어지고 마침내는 진짜 인물이 나타남으로써 모든 것이 해명된다. "가도 가도 적막강산"인 어느 지방도시의 관리들이 감찰의 임무를 띤 주요 인사가 뻬쩨르부르그에서 곧 올 거라는 소문으로 불안에 떨고 있다. 도시를 마치 자신의 영지처럼 운영하는 준엄한 성격의 시장 안똔 안또노비치 스끄보즈니끄-드무하노프스끼는 관리들을 소집하여 회의를 연다. 거기 참석한 사람 중에는 '자유사상가'이면서, 보르조이 강아지들을 뇌물로 받고, "솔로몬이라 해도 그중에 뭐가 진실이고 뭐가 거짓인지 알 수 없다"는 이유로 서류라고는 결코 들여다보는 일이 없는 판사 랴쁘낀-쨔쁘낀이 있

---

28) 영어의 "something for something"에 해당하는 라틴어 표현 '주는 대로 받는다'는 의미의 평등한 교환을 뜻한다. 모출스끼는 여기서 가짜 감찰관과 진짜 감찰관이 차례로 등장하는 대칭적 서사구조를 염두에 두고 있다.

다. 또 한 사람은 뚱뚱하고 굼뜨면서도 분주하고 노회한, 자선병원의 후견인 아르쩨미 제믈랴니까이다. 그가 돌보는 병원에서 행해지는 치료는 매우 간단하다. 독일인 의사 흐리스찌안 이바노비치는 러시아어라곤 단 한마디도 알아듣지 못하지만, 자연에 가까울수록 좋다는 현명한 원칙을 고수하며, "인간이란 단순해서 죽을 사람은 죽고 병이 나을 사람은 낫는 법"이라는 소신을 갖고 있다. 거기에는 또 똑똑한 사람들을 몹시 두려워하는 교육감 흘로뽀프가 있는데, 그에 따르면 "운명의 불가사의한 법칙이란 그런 것이어서, 만일 학교선생이 똑똑하다면 십중팔구 알코올중독자이거나 중뿔난 놈 모양 잔뜩 인상을 찌푸리는 법"이다. 마지막으로 우편국장 쉬뻬낀은 "순진할 정도로 단순소박한 사람"으로 극도의 지적 호기심으로 인해서 남의 편지를 훔쳐 읽곤 한다. 도시의 유명한 허풍장이 보브친스끼와 도브친스끼는 서로 너무도 닮은 약간의 배불뚝이로서, 숨을 헐떡거리며 사방을 뛰어다니면서, 감찰관이 왔는데 아무도 몰래 호텔에 머물고 있다고 떠벌리고 다닌다. 당황하여 어쩔 줄 모르는 관리들은 그를 알현하러 나선다.

　가짜 감찰관 이반 알렉산드로비치 흘레스따꼬프는 뻬쩨르부르그의 하급관리로서 "놀라울 정도로 사고가 경박한" 인간이다. 그는 시골에 있는 아버지에게 가는 길에 도박으로 돈을 잃고 빚을 얻었으며, 호텔 주인은 외상으로 숙박하고자 하는 그의 청을 거절한다. 처음에 관리들의 방문에 놀란 그는, 그들이 자기를 감옥에 가두려 한다고 생각한다. 그러나 사람들이 자신을 주요 인사로 여기는 것을 알고서는 새로운 상황에 쉽사리 적응하여 거짓말을 일삼고 거만을 떨며 온갖 술책을 꾸

〈감찰관〉을 읽고 있는 고골

민다. 시장의 집으로 거처를 옮긴 후에는 사교계의 멋쟁이 인양 꾸며대고, 드무하노프스끼의 아내와 딸의 꽁무니를 동시에 쫓아다닌다. 또한 모든 관리들에게서 돈을 '차용한다'며 갈취하고, 배불리 먹고 실컷 마시면서 자신의 예기치 않은 모험을 만끽한다.

　　그가 떠난 후 친구에게 보내는 흘레스따꼬프의 편지가 우편국장의 손에 들어오고, 그는 그것을 관리들 앞에서 소리 내어 읽는다. 편지에서 흘레스따꼬프는 그에게 우롱당한 "도시의 우두머리들"을 조롱한다. 그가 편지에 쓴 바에 따르면, "시장은 어리석기 짝이 없으며" 제믈랴니까는 "완전히 모자 쓴 돼지 꼴"이며, 판사는 "지독한 악취미"이고, 교육감은 "양파 썩는 냄새를 풍긴다." 종국에는 헌병이 문 앞에 나타나서 "뻬쩨르부르그에서 칙령에 의해 오신 관리가 당신들을 오라 하신다"고 전하는데, 그때까지도 도시의 관료들은 제정신이 아니다. 그 순간 이른

바 '침묵의 장면'이 펼쳐진다. 모두가 얼어붙는다. "거의 수 분 동안 일군의 관료들은 돌처럼 굳어버린 채 꼼짝 않는다."

고골의 희곡은 오늘날에도 그 위력을 잃지 않고 있다. 등장인물들의 예리한 성격 묘사와 흥미진진한 상황, 촌철살인의 언어, 생생하고도 교묘하게 연출된 사건, 초라한 지방 세태에 관한 풍자적인 묘사는 그것이 씌어진지 100년이 지나도록 여전히 빛을 발한다. 그것은 가장 뛰어난 러시아 희곡이라는 정당한 평가를 받을 만하다.

* * *

1836년 4월 19일 『감찰관』이 뻬쩨르부르그의 무대에서 공연된다. 고골은 평단에 의해 모욕감을 느꼈으며 자신에 대항하여 "모든 계층이 들고 일어났다"고 불만을 토로했다. 아마도 그는 자신의 희곡이 그 어떤 즉각적이고 결정적인 행동을 불러일으키기를 바랐을 것이다. 그것은 러시아가 마치 한 인간처럼 희곡이라는 거울을 통해서 자신의 죄악을 목도하고 회오의 눈물을 쏟아내고는 일순간 개과천선하리라는 기대였다. 그러나 그런 일은 전혀 일어나지 않았다. 환호와 비난, 엉터리로 왜곡된 풍문, 그것이 전부였다. 환멸은 작가의 급격한 정신적 변화를 초래했으며 그는 자신을 조국에서 인정받지 못한 예언자로 여기면서 외국으로 떠난다. "마침내 일할 때가 되었습니다"라고 그는 쥬꼬프스끼에게 전한다. 그 일이란 바로 서사시 〈죽은 혼〉의 집필이었다.

고골은 믿음과 영감에 가득 찼다. 그는 환호성을 지른다. "이 얼마나 거대하고 독창적인 구성인가, 루시 전체가 이 속에 모습을 드러낼 것이다! 광대무변한 나의 저작이여, 그것은 쉽사리 끝나지 않으리라." 그렇게 모든 러시아가 그의 서사시에 반영되어야만 했다... 그것은 "주로 러시아인에게 내재되어 있는 아주 수많은 결함들과 무엇보다 다른 민족들 앞에 이루어야 할 숙명적 역할을 지니고 있는 다양한 부(富)와 재능의 소유자인 러시아인 전체"이다.

고골의 정신적 변화는 실로 엄청난 것이었다. 러시아로부터 멀리 떨어진 외국에서, 자신이 러시아의 민족 작가라는 의식이 생겨났다. 1837년부터 그의 생애에서 이른바 '로마 시대'가 열리고, 이탈리아에 대한 그의 열애와 그 순수한 아름다움에의 몰입의 역사가 시작된다. 로마에서 그는 생의 환희와 영감에 가득 찬다. 쥬꼬프스끼에게 보낸 편지에서 그는 다음과 같이 쓴다. "나는 지금 즐겁습니다. 내 영혼은 밝습니다. 집필에 힘쓰고 있으며, 온 힘을 다하여 내 작품을 완성하려고 서두르고 있습니다." 그러나 3년간의 행복한 외국 생활은 기이한 신경증의 발작으로 마감한다. 고골은 자신이 죽어간다고 느낀다. 이후 그는 신이 기적을 통해 자신을 죽음에서 구원하고, 자신이 신의 구상을 특별히 돌보는 선택받은 자이며, 전도사이자 예언자라고 믿는다. 친구들에게 보내는 그의 편지의 어조가 눈에 띄게 변화하여 신앙심 넘치는 장엄한 것이 되어버린다. 그는 다닐레프스끼에게 "이제 나의 언어는 저 높은 곳의 권세로 충만하다"라고 전한다.

1841년 고골은 『죽은 혼』 제 1권을 출판하기 위해 러시아로 돌아온다. 그러나 고국에서 지내는 것은 힘들었다. "모든 것이, 공기 자체가 나를 고통스럽게 하고 숨 막히게 한다"고 그는 토로한다. 1842년 여름 그는 다시 러시아를 떠나는데, 이번에는 6년을 예정한다. 그해 말 그는 자신의 저술을 전집으로 출판하기 위한 준비를 한다. 그의 마지막 문학적 시기는 이 시절로 마감된다. 나머지 10년 동안 그는 천천히 그러나 확고하게 문학을 떠난다.

고골의 『작가의 고백』에 따르면, 뿌쉬낀이 그에게 장편소설을 쓰라고 권하면서 다음과 같은 이야기 소재를 주었다고 한다. 어느 교활한 사기꾼이 이미 죽었으되 서류상으로는 아직 살아있는 것으로 간주되는 농노들을 사 모은다. 그리고는 그들을 저당 잡힘으로써 거액의 자금을 얻어낸다. 고골은 자신의 주인공과 함께 러시아 전역을 유랑하고 수많은 흥미로운 인물들과 우스운 장면들을 묘사할 수 있다는 데 매혹되어, 일정한 구상 없이 집필을 시작한다.

처음에 『죽은 혼』은 세르반테스의 『동 키호테』나 르사주의 『질 블라스』[29]와 유사한 모험소설로 구상되었다. 그러나 이 작품의 집필 중에 일어난 영적 변화의 영향으로 인해서 소설의 성격은 점차 변해간다. 『죽은 혼』은 모험소설에서 세 권의 장대한 서사시로, 러시아의 『신곡(神曲)』으로 변모한다. 그것의 제 1부는 〈지옥편〉에, 2부는 〈연옥편〉, 3부는 〈천국편〉에 상응해야 했다. 처음에는 러시아의 어두운 면들, 속물적이고 아둔하고 부도덕한 '죽은 혼'들이 드러난다. 다음으로는 점차 여명이 밝아온다. 미완성된 2권의 여러 대목에서 이미 이상적인 지

---

29) 프랑스 소설가 르사주(Lesage, Alain-Rene)의 악한소설. 질 블라스라는 젊은 하인이 여러 주인들을 거치면서 겪는 모험을 그리고 있다. 악한소설을 유럽의 문학양식으로 정착시키는 데 큰 영향을 미쳤다.

주 꼬스딴조글로, 이상적인 여성 울렌까, "영적인 부(富)를 정비할 것"을 설파하는 지혜로운 노인 무라조프, 등등의 '선인(善人)'들이 등장한다. 구상은 되었으되 쓰이지는 않은 3권에서는 마침내 빛의 완전한 승리가 실현된다.

고골은 러시아의 정신적 아름다움과 러시아 민중의 윤리적인 고귀함을 열렬히 신뢰했으며, 자신이 저열하고 추악한 것만을 묘사할 줄 안다고 주장하는 비평가들의 질책으로 괴로워했다. 그는 자신의 조국을 절찬(絕讚)하기를 너무도 열망했다! 그러나 위대한 풍자의 재능과 삶의 모든 우스운 것과 저속한 것을 포착해내는 능력을 타고났으되, '이상적인 형상들'을 창조할 능력은 전혀 없었다는 데 그의 비극이 있었다. 한편 그는 자신의 저술 활동을 종교적이고 사회적인 봉사로 여겼으며, 독자들을 즐겁게 하고 웃게 하는 것이 아니라, 그들을 훈계하고 신에게 귀의하게 만들고자 했다. 바로 이러한 내면의 갈등으로 인해 고골은 자신의 서사시를 끝내지 못한 채 죽고 말았다.

『죽은 혼』제 1권에서 고상한 외모를 한 악명 높은 사기꾼 빠벨 이바노비치 치치꼬프는 어느 현청소재지에 와서 현지사와 경시총감, 검사, 나아가 현(縣) 전체를 현혹하고 가장 유력한 지주들을 만난 다음 그들의 영지를 방문한다. 우리는 오래전부터 그 이름들이 보통명사가 되었을 정도로 작품 속에 생생하고 강렬하게 묘사된 지주들의 '유형들'을 접하게 된다. 자기 아들들에게 페미스또끌류스와 알끼드라는 이름을 지어준 느끼할 정도로 다정다감한 마닐로프는 아내에게 알랑거리면서 귓속말을 한다. "여보, 입을 크게 벌려봐, 이거 한 점 입에 넣어줄게." 우둔하고 인색한 여지주 꼬로보치까는 자신이 죽은 농노들을 헐값에 팔아넘겼다는 사실에 경악한다. 발그레한 뺨과 칠흑 같은 구레나룻을 한 건달 노즈드료프는 거짓말쟁이, 허풍쟁이, 협잡꾼으로서 끊임없이 추문을 불러일으키고, 끊임없이 뭔가를 팔고, 교환하고, 사들인다. "중간 크기의 곰"을 닮은 소바께비치는 돈밖에 모르는 교활한 부농지주로서, 죽은 농노 한 명마다 2꼬뻬이까씩 값을 더 치러 홍정하고, 치치꼬프에게 사내 농부 대신 아낙 "엘리자베따 보로베이"를 슬쩍 끼워 넣어 판다. 부인용 실내복과 흡사한, 뒤에 너덜거리는 네 개의 깃이 달린 두루마기 차림의 구두쇠 쁠류쉬낀은 자신의 농노들을 강탈하면서 잡동사니 세간들을 모아둔 어느 창고에서 산다. 사행심에 사로잡힌 치치꼬프 자신은 부유한 삶을 꿈꾸며 사기와 비겁한 행동을 일삼는다. 늘 특유의 냄새를 풍겨대는 그의 하인 뻬뜨루쉬까는 낭독의 유쾌한 과정을 즐기기 위해서 책을 읽는다. 그리고 마부 셀리판은 술에 취한 채 철학자연하고, 자신의 약아빠진 말(馬)들을 지독하게 질책한다. 캐리커처처럼 개연성이 없는 이 모든 형상들은 각기 나름의 끔찍한 삶으로 포화되어 있다.

생생한 인물들을 창조해내는 고골의 상상력은 현실을 그리 중시하지 않는다. 그는 특유의 '환상적 리얼리즘'을 구사하는데, 그것은 개연성이 아니라 완벽한 확실성이자 예술적 상상의 독창성이다. 『죽은 혼』을 두고 니꼴라이 1세 치하의 러시아를 논하는 것은 어리석은 일이다. 고골의 세계는 자신만의 법칙으로 운영되며, 그의 마스크들은 진짜 인간들보다 더 살아있는 듯하다.

『죽은 혼』의 작가가 자신의 서사시의 앞부분을 뿌쉬낀에게 읽어주었을 때, 처음에 뿌쉬낀은 웃었고, 나중에는 "조금씩 점점 울적해졌으며, 마침내는 완전히 음울해졌다. 낭독이 끝났을 때 그는 우수에 잠긴 목소리로 말했다. '맙소사, 우리 러시아가 이토록 음울하다니.' 고골은 이렇게 덧붙인다. "나는 깜짝 놀랐다. 러시아를 그토록 잘 아는 뿌쉬낀이 이 모든 것이 캐리커쳐이자 내가 꾸며낸 이야기라는 점을 알아채지 못하다니."

『죽은 혼』의 제 1권은 치치꼬프가 현청소재지를 서둘러 떠나는 것으로 끝난다. 노즈드료프와 꼬로보치까 덕에 그곳에는 죽은 농노의 구매에 대한 소문이 퍼진다. 도시는 거짓 풍문의 소용돌이에 휩싸인다. 사람들은 치치꼬프를 강도 혹은 스파이, 꼬뻬이낀 대위, 심지어는 나폴레옹이라 여긴다.

제 2권의 보존된 장(章)들에서 치치꼬프의 유랑은 계속된다. 그리고 뚱보 대식가이자 싸움꾼인 뾰뜨르 뻬뜨로비치 뻬뚜흐 장군, 게으른 몽상가이자 '느림보' '무위도식자'인 쩬쩨뜨니꼬프 같은 새로운 인물 '유형'이 등장한다. 작가의 유머는 눈에 띄게 약화되고, 그의 창작력은 쇠약해진다. 훈육가와 전도사가 예술가를 종종 가로막아버린다. 자신의 저작에 불만족스러웠던 고골은 죽음을 앞두고 2권을 불태워버린다.

『죽은 혼』의 말의 짜임은 이례적으로 복잡하다. 고골은 낭만적인 '문체의 아름다움'을 조롱하고 실제적인 사실들의 정확성과 디테일의 기록에 주력한다. 그는 자기 주인공이 입고 있는 옷의 단추와 얼굴에 난 뾰루지의 수를 헤아린다. 그는 단 하나의 제스처도, 단 하나의 찡그림도, 단 하나의 윙크 혹은 기침도, 그 아무것도 놓치지 않는다. 바로 이 진중한 세부묘사 속에, 바로 이 사소한 것을 드높이는 파토스 속에 그의 가차 없는 아이러니가 담겨있다. 고골은 그의 주인공들을 웃음으로 멸(滅)한다. 치치꼬프는 "번쩍거리는 월귤 색" 연미복을 입는다. 이로써 이미 속물성의 낙인이 그의 형상에 영원히 남게 된다. 아이러니와 '생리학적인 회화술(繪畵術)'은 사람들을 똑같은 기계적인 제스처를 영원히 반복하는 마네킹으로 만들어 버린다. 삶은 살해되고, 셀 수 없이 많은 무의미한 자잘함으로 분해된다. 진정으로 무서운 '죽은 혼들'의 왕국인 것이다!

그런데 갑자기 이 썩어빠지고 답답한 세계로 한줄기 신선한 바람이 불어온다. 조소적인 작가는 열정적인 시인에게 자리를 양보한다. 속물들과 저열한 상황에 대한 융통성 없이 세밀한 묘사는 중단되고 영감에 찬 서정성이 넘쳐난다. 자신의 청년시절을 생각해낸 작가는 고양된 흥분으로 작가의 위대한 사명에 대해서 이야기하며 조국을 향해 열정적인 사랑의 손길을 보낸다. 냉소적 조롱과 지독한 풍자라는 배경 위에 이루어진 이 서정적 비상은 그 자체의 정열적인 시감으로 우리에게 감동을 전한다.

치치꼬프는 자신의 마차를 타고 NN도시를 떠난다. 길 양옆으로 "이정표, 역참지기들, 우물, 짐마차, 사모바르 옆에 모여 있는 농민들, 조그만 시골 마을, 칙칙한 관목, 수리중인 다리, 끝이 없이 펼쳐진 들판⋯⋯" 등이 침울하게 펼쳐져 있다. 풍경의 묘사라기보다는 초라한 잡동사니를 모아놓은 듯한 나열을 하던 고골은 갑자기 러시아를 향해 이야기한다. "루시! 루시! 나는 너로부터 멀리 떨어진 아름다운 곳에서 너를 바라보고 있다! 〈……〉 네 안에 있는 모든 것은 광막하고 평탄하다. 그저 점이나 이정표처럼 평원 가운데 눈에 잘 띄지도 않는 마을들이 즐비하게 늘어서 있기만 하지, 눈길을 두거나 마음을 뺏길 만한 것은 없다. 그런데도 너에게 마음이 끌리는 이 불가사의한 비밀의 힘은 무엇인지? 어째서 애수어린 노랫가락이 이 바다에서 저 바다까지 이르는 광대무변한 너에게서 끊임없이 울려 퍼져 내 귓전을 적시는가? 이 노래 속에 도대체 무엇이 숨어 있는 것인가? 무엇이 나를 부르고, 흐느껴 울게 하고 가슴을 쥐어뜯게 만드는가? 어떠한 가락이기에 내 영혼 깊숙한 곳에 입을 맞추어 나의 가슴을 아프게 하는 것일까? 루시여! 너는 무엇을 나에게 바라고 있는가? 너와 나 사이에는 어떤 신비로운 인연이 맺어져 있는 것인가? 어찌하여 너는 이토록 뚫어지게 나를 기대에 찬 시선으로 바라보고 있는 것인가?…… 그럴 때마다 어쩔줄 모르고 주저하는 내가 꼼짝 못하고 서 있자면, 번개와 비바람을 품은 구름이 내 머리 위를 덮어버리고, 그 순간 나는 너의 광활함 앞에서 생각할 힘조차 잃어버리게 된다. 무한한 너의 존재는 무엇을 예언하는가? 끝없는 존재인 너에게서 영원한 사상이 태어나는 것은 당연하지 않은가? 종횡무진 횡행천하할 수 있는 공간 속에서 영웅이 나오는 것이 마땅하지 않은가? 힘찬 너의 넓은 품은 내 마음 깊숙이 무서운 힘으로 다가와 나를 힘 있게 끌어안고, 엄청난 권세로 나의 눈을 빛나게 하는구나… 오! 얼마나 빛나고 영광스러운 미지의 벽지(僻地)인가? 루시여!……"

* * *

1845년은 고골의 생에 있어서 가장 비극적인 시기이다. 시적 영감은 그를 버렸고, 『죽은 혼』의 집필은 신경성 발작으로 이어지는 무시무시한 고통이 되어버렸다. 절망에 빠진 그는 자신의 사명이 문학 속에 있지 않고 종교적이고 도덕적인 설교에 있다고 결정해 버린다. 그는 『친구와의 서신교환선』을 출간한다. 그의 의도는 동시대인에게 이해되지 않았고 적뿐만 아니라 친구들도 그를 맹렬하게 비난하게 된다. 하지만 사실『서신교환선』에는 세계적인 문학으로 자리매김한 러시아 문학의 모든 특징이 담겨 있다. 종교적이고 도덕적인 성격, 민중성과 공공성, 과감하고 실천적인 특징, 예언적 파토스와 메시아니즘 등이 바로 그것이다. 러시아 문학의 '심오함'은 고골에게서 출발한다. 똘스또이의 가르침도, 도스또예프스끼의 문제의식도, 로자노프의 탐구도, 20세기 초의 종교적 부흥도 고골에게서 나온 것이다.

러시아 앞에 고골은 문화의 종교적 정당화라는 문제를 제기했다. 고골은 외친다. "내가 신에 대해 이야기를 시작했다고 나에게 죄를 뒤집어씌운다. 신에 대해 말하는 것이 도대체 어떻단 말인가? 돌멩이가 신을 찾아 울부짖을 때까지 조용히 있으란 말인가?" 고골은 『서신교환선』을 개인적 죄로서 해석한다. 그는 신을 방기했다는 마음이 들어 괴로워하다, 자신의 죄와 러시아의 죄를 속죄하기 위한 기도를 하기 위하여 성지로 나아간 것이다. 그러나 신의 성소 앞에서 그의 심장은 굳어진다. 그는 어머니에게 자신을 위해 기도해 달라고 부탁한다. 그는 "지금 저의 기도가 정말 미약하다는 것을 느끼기 때문에 부탁드리는 겁니다,"라고 말한다.

1852년 2월 12일 밤에 고골은 출간 준비 중이던 『죽은 혼』 2부를 불태운다. "방으로 들어온 고골은 장롱 속에 든 손가방을 꺼내서 끈으로 묶인 종이 묶음을 꺼내달라고 하더니, 그것을 벽난로에 넣고는 자신이 들고 있던 초로 불을 붙였다. 그리고는 불에 타기 쉽게 종이를 펼치고는, 그것이 다 타서 재가 될 때까지 의자에 앉아서 기다렸다. 그리고 난 고골은 성호를 긋고 자신의 방으로 돌아가 침대에 눕더니 울기 시작했다"라고 뽀고진은 전한다.

부활절의 두 번째 주 월요일에 고골은 성찬을 받고 도유식(塗油式)을 한다. 손에 초를 들고 눈물을 흘리며 그는 복음을 모두 듣는다. 화요일에 상태가 좋아지는 것 같더니 수요일이 되자 신경성 발작을 동반한 열병이 생긴다. 결국 2월 21일 오전에 그는 세상을 떠난다.

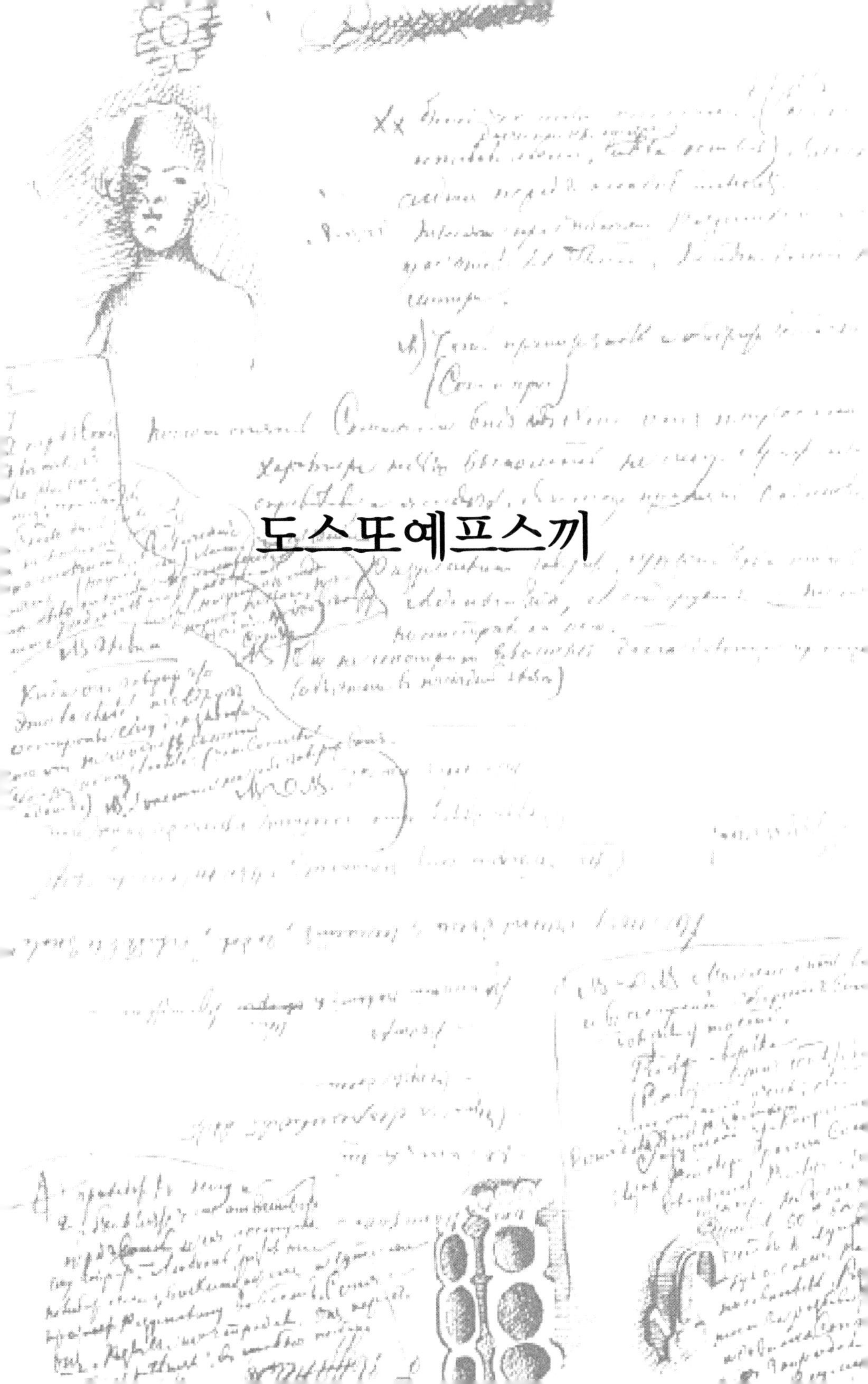

도스또예프스끼

도스또예프스끼는 마침내 퇴역을 하게 된다. 그의 머릿속에는 이런 저런 작품을 써야겠다는 구상들로 가득했다. 그는 출판사를 설립하여 형과 함께 실러의 전집을 출판하고자 했다. 그의 우상은 고골과 발자크이었다. 그는 형에게 이렇게 썼다. "발자크는 위대한 작가야! 이 작가의 작품과 주인공들의 형상에는 온 세상의 지혜가 다 들어있어!" 도스또예프스끼가 한 최초의 문학적 작업은 발자크의 소설 『으제니 그랑데』에 대한 번역이었다. 이 프랑스 작가의 리얼리즘 정신과 온갖 모순으로 가득 찬 동시대 사회 현실을 폭넓게 포착해 내는 능력 그리고 '가난하고 능욕당한 사람들'에 대한 관심을 호소하는 설교는 도스또예프스끼를 사로잡았다.

도스또예프스끼 (1821-1881)

　표도르 미하일로비치 도스또예프스끼의 아버지는 볼르인 지방의
중산 계층 출신이었다. 그의 아버지는 모스끄바 마린 병원에서 군의관
으로 일했다. 창밖으로 음산한 병원 뜰이 내려다보이는 이 병원 한 구석
에 자리한 초라하고 조그만 방에서 1821년 10월 20일 표도르는 태어났
다. 그의 가정 분위기는 엄격했으며 독실한 신앙을 갖고 있었다. 작은
키에 병약했던 어머니는 『구약과 신약에 담긴 성스러운 역사』라는 그림
책을 가지고 아이들에게 글자를 가르쳤다. 주일마다 전 가족이 교회를
다녔고, 여름이면 성 삼위일체 수도원에 참배하러 가곤하였다. 아이들
은 오래된 벽화와 길고 엄숙했던 예배 그리고 아름답게 울려 퍼지는 성
가들을 추억으로 간직하였다. 어머니는 아들에게 다음과 같은 기도를
가르쳤다. "성모 마리아여, 오직 당신만 믿고 따르옵나이다." 그리고 이
기도는 평생토록 그녀의 아들이 가장 좋아하는 기도문이 되었다.

　어린 시절 표도르는 '진정한 불꽃' 이었다. 왜냐하면 그의 성격은 열정적이었으며, 마음껏 공상의 나래를 폈고, 병적일 정도로 예민한 감수성을 갖고 있었기 때문이었다. 그는 일찍이 책읽기에 빠져들었고, 월터 스코트를 탐독하면서 스스로 기사나 강도가 되어보는 상상을 하곤 하였다. 뿌쉬낀의 작품은 외우다 시피 하였고, 까람진이나 쥬꼬프스끼, 러시아의 역사와 아라비안 나이트와 같은 이야기들에 매료되었다. 뿌쉬낀이 죽은 해인 1837년에 그의 어머니가 돌아 가셨다. 도스또예프스끼는 나중에 이렇게 말했다. "모친상만 아니었다면, 나는 부친에게 뿌쉬낀을 애도하는 상복을 입게 해달라고 간청했을 것이다." 체르마끄의 사립 기숙학교를 졸업할 무렵 아버지는 표도르와 그의 형을 뻬쩨르부르그로 데리고 가서 군사기술학교에 입학시켰다. 수학은 젊은 몽상가와는 전혀 어울리지 않았고, 중간 정도의 성적을 유지했던 그는 수업시간을 제외하고 남는 모든 시간을 문학에 투자하였다. 실러를 읽고선 감동의 눈물을 흘렸고, 조르주 상드[30]의 소설들을 읽으면서 뜬 눈으로 밤을 지새우기 일쑤였다. 가까운 친구도 없었고, 말수도 적은데다 침울한 표정이었으며, 같이 운동을 하거나 춤을 추는 경우도 없었다. 휴식시간에는 "항상 머리를 숙이고 뒷짐을 진 채" 한 구석에서 서성거리곤하였다. 모두가 잠든 밤에, 남몰래 잠자리에서 일어나 속옷 바람으로 이불만 두른 채 일을 하는 모습을 폰딴까 강으로 나있는 창문을 통해 볼 수 있었다. 도스또예프스끼의 한 친구가 다음과 같이 이 모습을 적고 있다. "밝은 밤색 머리카락을 짧게 잘랐으며, 넓은 이마와 숱이 적은

---

30) 조르주 상드(1804-1876) 자유분방한 연애로 유명한 프랑스의 소설가. 본명은 오로르 뒤팽(Aurore Dupin).

눈썹 아래에 움푹 파인 작은 회색빛 두 눈이 감춰져 있었다. 주근깨투성이의 두 뺨은 핏기가 없었다. 창백한 안색은 흙빛이었고, 입술은 도톰했다... 그는 시를 광적으로 좋아했다. 그의 머릿속에서는 여러 가지 생각들이 마치 소용돌이치는 물보라처럼 용솟음치고 있는 듯 했다."

1843년 학교를 졸업한 도스또예프스끼는 공병대에 근무하면서 실러 풍의 낭만주의적인 드라마(『마리아 스튜워드』『보리스 고두노프』)를 창작하였고, 자유와 독립을 염원하였다. 그는 자기가 해야 할 바가 무엇인지를 감지하면서 형에게 이렇게 썼다. "사람들이 무궁무진한 힘을 갖고 있음에도 불구하고, 그 힘들이 거짓되고 비정상적인 활동 속에서 소멸되는 것을 볼 때면 인생이란 참 우울한 것이라는 생각이 들곤 해요."

일 년 뒤 그는 마침내 퇴역을 하게 된다. 그의 머릿속에는 이런 저런 작품을 써야겠다는 구상들로 가득했다. 그는 출판사를 설립하여 형과 함께 실러의 전집을 출판하고자 했다. 그의 우상은 고골과 발자크이었다. 그는 형에게 이렇게 썼다. "발자크는 위대한 작가야! 이 작가의 작품과 주인공들의 형상에는 온 세상의 지혜가 다 들어있어!" 도스또예프스끼가 한 최초의 문학적 작업은 발자크의 소설 『으제니 그랑데』에 대한 번역이었다. 이 프랑스 작가의 리얼리즘 정신과 온갖 모순으로 가득 찬 동시대 사회 현실을 폭넓게 포착해 내는 능력 그리고 '가난하고 능욕당한 사람들'에 대한 관심을 호소하는 설교는 도스또예프스끼를 사로잡았다.

발자크와의 만남은 도스또예프스끼의 창작 노정에서 획기적인 전기가 된다. 이제 그는 낭만주의적인 경향을 띠었던 습작들 대신에 장편 소설을 쓰기 시작한다. 이것은 『으제니 그랑데』와 같은 불행한 처녀의 이야기이기도 했다. 발자크의 영향을 받은 동시에 고골의 영향을 받은 도스또예프스끼가 두 문학적 경향을 결합하여 완성한 첫 작품이 바로 『가난한 사람들』이다. 도스또예프스끼의 친구이자 신진작가였던 그리고로비치는 잡지 『동시대인』의 편집인이었던 시인 네끄라소프에게 이 원고를 가지고 간다. 『작가의 일기』에서 저자는 작가로서 첫 발을 내디뎠던 이 행복한 시절을 이렇게 회고하고 있다.

"내가 원고를 제출했던 바로 그 날 저녁, 나는 멀리 떨어져 있는 옛 친구 중의 한 사람 집에 갔다. 우리는 밤새 『죽은 혼』에 대해 토론을 벌였고, 이 작품을 도대체 몇 번이나 읽어보았는지 기억조차 하기 힘들 지경이었다... 뻬쩨르부르그의 백야가 한창이었던 새벽 4시가 되어서야 집으로 돌아 왔다. 흐뭇한 시간들이었고, 집에 와서도 잠이 오지 않았던 나는 창문을 열고 창가에 앉았다. 그런데 갑자기 나를 깜짝 놀라게 한 초인종 소리가 울려 퍼졌고, 이윽고 나타난 그리고로비치와 네끄라소프가 뛰어 들어와 나를 껴안고는 감격에 겨워 거의 울 것만 같았다. 그들은 전날 저녁에 귀가해서는, 내 원고를 붙잡고 읽어 댔던 모양이다... 책읽기를 마친 그들은 한목소리로 서둘러 나의 집에 가기로 했다. "지금 자고 있다는 건 말도 안 되는 이야기지, 그를 깨우자고, 이건 충분히 그럴 가치가 있고말고!" 그들은 나의 집에 한동안 머물렀고, 우리는 감탄을 연발하면서 시에 대해서도, 진리에 대해서도, 그리고, 물론, 고골에 대해서도 서로 앞 다투어 가며 이야기를 했다. 그 날 얼마나 많은 이야기를 주고받았는지 기억도 하지 못할 지경이었다."

바로 그 날 네끄라소프는 유명한 비평가인 벨린스끼에게 이 원고를 가지고 갔다. "새로운 고골이 나타났다!"라고 외치면서 네끄라소프는 『가난한 사람들』을 들고 벨린스끼의 집에 들어섰다. "당신에게는 고골이 마치 버섯처럼 자라나는 구려"라고 벨린스끼는 딱딱하게 응대했지만, 원고를 받아 들었다.

다음 날 도스또예프스끼는 벨린스끼를 찾아 갔고, 다음과 같은 말을 들을 수 있었다. "예술가인 당신 앞에 진리가 스스로 몸을 드러냈습니다. 충분히 그런 선물을 받을 자격이 있습니다. 당신의 재능을 소중히 여기시고, 믿으세요. 그러면 당신은 위대한 작가가 될 것입니다!" 이 말을 들은 뒤 도스또예프스끼는 다음과 같이 말하고 있다.

"나는 환희 속에서 그의 집을 나섰다. 나는 그의 집 모퉁이에서 발걸음을 멈추고 하늘과 밝은 대낮의 풍광과 지나가는 사람들을 쳐다보았다. 내 인생에서 일생일대의 기회가 되는 장엄한 순간이 찾아 왔음을, 완전히 새로운 무언가가 시작되었음을, 온몸으로 실감하였다... 그리고 그 후에도 이 순간을 결코 잊을 수 없었다. 내 생애에서 가장 행복한 순간이었다. 유형 시절에도 이때의 일을 떠올릴 때면, 나는 활력을 얻었다"……

바로 이때가 위대한 천재가 탄생하는 순간이었다.

소설 『가난한 사람들』(1846)은 고골의 『외투』에 대한 도스또예프스끼의 창작을 통한 응답이었다. 이 견습작가는 아직 고골적인 이데아, 형상 그리고 기법을 쫓고 있었다. 그러나 그는 고골을 답답해했고, 『죽

『외투』의 주인공 아까끼 아까끼예비치

은 혼』의 왕국을 벗어 날 수 있는, 고골이 목도했던 그 현실 속의 몸서리쳐지는 저속함과 음울한 절망을 벗어날 수 있는 탈출구를 찾고 있었다.

『가난한 사람들』의 주인공인 마까르 제부슈낀은 고골의 아까끼 아까끼예비치와 다를 바 없는 초라한 관리이다. 이 인물 또한 관청에서 서류 정서하는 일을 하고 있으며, 젊은 동료들 역시 그를 '쥐' 라고 부르면서 조롱한다. 그는 칸막이 벽 너머 부엌의 한쪽 구석배기에, 가난하고 술에 찌든 굶주린 '몰락한 사람들' 과 섞여 살고 있다. 그는 기름투성이의 찢어진 양복과 구멍 뚫린 장화를 신고 다니고, 차나 겨우 마시면서, 신세타령조차 두려워할 정도로 억눌리고 겁에 질려있다. 한 인간이 자신도 행복해질 권리가 있다는 생각조차 해볼 수 없을 때, 불평등에 대한 최소한의 하소연마저도 반역이라고 간주될 때에만 가능한 그런 모욕적 상황에 그는 처해있다.

그런데 바로 이러한 마까르 제부슈낀의 삶에 커다란 사건이 발생한다. 바로 젊은 처녀 바렌까를 만나게 된 것이 그 사건이다. 그녀는 절대 절명의 위기에 빠져있는 고아이다. 그는 그녀를 폭군인 지주 브이꼬프에게 팔아넘기려 하는 악녀 안나 페도로브나에게서 구해주며, 그녀에게 방을 알아봐 주고, 일자리를 구해주며, 그녀를 치료하고, 그녀에게 책을 보내주고, 위로하며, 마치 친 딸처럼 그녀를 보살핀다. 그의 바렌까에 대한 감정은 아버지의 사랑보다 더 부드럽고 열정적이지만, 결벽증에 사로잡힌 그는 자기 스스로에게조차 이 점을 인정하기를 두려워한다. 슬프고 감동적이며, 종국에는 열정적으로 변해가는 마까르와 바렌까의 편지들은 소설의 얼개를 구성한다.

도스또예프스끼는 고골에게서 가난한 사람들의 일상을 세세하게 묘사하는 방식을 배웠으며, '우리들의 삶을 휘감고 있는' 소소한 일상을 꼼꼼하게 되짚어 보는 방법을 배웠다. 하지만 도스또예프스끼는 고골의 예술적 방식을 따르면서도, 그를 거역한다. 『외투』에서 "왜 나를 괴롭히는 거지요?"라는 감상적인 독백이 우리를 울렸음에도 불구하고, 고골의 가련한 관리는 비천하고 우둔한 인물이었고, 그의 최고의 목표는 새로운 외투를 구하는 것일 뿐이었다. 이 인물은 서류를 정서하는 기계나 다름없는, 걸어 다니는 자동기계였으며, 말할 줄도 모르고 감정도 없는 인간이었다. 도스또예프스끼는 인간의 개성을 이런 식으로 묘사하는 것을 거부한다. 그는 발자크나 조르주 상드의 박애주의적인 프랑스 소설의 영향을 받으면서 위대한 인간애를 위한 저항을 부르짖는다.

고골적인 방식에서 그가 변형시켰던 것은 단순했지만, 천재적인 것이었다. 아까끼 아까끼예비치는 하나의 사물(외투)에 온 정신을 바친다. 반면 마까르 제부슈낀은 살아 있는 인간(바렌까)을 위해서 희생한다. 이렇게 사물을 개성으로 대체하면서 소설은 예기치 못한 깊이를 획득하고 감정은 고조된다. 아까끼 아까끼예비치의 우스꽝스러운 영웅성, 대수롭지 않은 대상에게로 구현된 그의 금욕주의적인 자기헌신은 마까르 제부슈낀의 바렌까에 대한 고귀하고 사심 없는 헌신으로 바뀐다. 도스또예프스끼는 바쉬마츠낀이 갖고 있던 사소한 것에 대한 광적인 집착으로부터 제부슈낀의 순수한 사랑이라는 감정을 이끌어낸다.

그런데 도스또예프스끼의 주인공이 고골과 차이를 보이며 고골을 극복하고 있는 것은 스스로의 인생을 살며 사랑하고 있다는 점으로만 그치지 않는다. 도스또예프스끼의 주인공은 그 스스로가 작가가 되어 작가로서의 고골과 논쟁을 벌이기도 한다. 젊은 작가의 예술적 성공이 신선했던 점은 바로 이점이었다. '말없는 가련한 관리', 즉 말수도 적고 더듬거리는 『외투』의 주인공을 도스또예프스끼는 제부슈낀이라는 작가로 만들어 놓았다. 이 주인공은 소설을 쓰고 편지를 써 내려가며 '자신 만의 문체'를 갖고 있다. 말할 줄 아는 '가련한 관리'를 창조해 냈던 작가는 '고골 학파'가 갖고 있었던 복잡한 문제들을 해결하였다. 즉 무미건조하게 사물 묘사에만 치중했던 40년대 자연주의에 인간의 숨결을 불어 넣었고, 새로운 리얼리즘의 단초를 제공하였으며, 인간에 대하여 말할 수 있는 모든 진리를 서술하였던 것이다. 마까르 제부슈낀은 고골의 소설 『외투』를 뿌쉬낀의 소설 『역참지기』와 대비시킨다. 젊은 시절 매료되었던 고골의 마술에서 깨어난 도스또예프스끼는 뿌쉬낀의 화사한 예술로 구원받는다.

관료들을 향한 촌철살인의 조소에 익숙했던 독자들에게, 도스또예프스끼가 창조해 낸 주인공의 심오하고 복잡한 정신세계는 기적과도 같은 발견이었다. 제부슈낀은, 바렌까가 건강하고 즐거워하는 한, 배고 프고 힘든 자신의 처지를 개의치 않는다. 그러나 그녀가 어쩌다 아프기 라도 한다면 밤새 그녀의 침상 머리맡에서 간호할 것이며, 그녀에게 포 도주와 장미를 보내기 위해 자기 제복을 팔아버릴 것이고, 슬픔에 잠겨 술을 마셔 댈 것이다. 여주인은 밀린 월세로 사랑을 조롱하며 바람둥이 라고 놀려댄다. 어떤 불한당이 바렌까를 쫓아 다니고, 이에 그녀는 아 파트를 옮기고자 한다. 하지만 그렇게 하기 위해서는 돈이 필요하다. 절망에 빠진 제부슈낀은 고리대금업자를 찾아 가지만, 여지없이 쫓겨 난다. 그런 그를 구원해 주었던 것은 "그들의 각하"라고 불렸던 고위층 인사가 뜻밖에 자비를 베풀어 하사했던 100루블이다. 그러나 바렌까는 그의 희생을 더 이상 받아들이지 못하고, 그녀를 그토록 괴롭혔던 바로 그 지주 브이꼬프의 제안에 동의하려 한다. 제부슈낀은 이 치졸하고 잔 인한 인간이 그녀를 해칠 것이며, 바렌까가 자기를 위해 희생하려 한다 는 것을 알고 있다. 눈물과 신음으로 가득 찬 그녀에게 보내는 마지막 편지에서 마침내 그의 뜨거운 사랑은 감추질 못하고 드러난다. "안됩 니다. 한번만 더 편지를 주십시오. 무엇이라도 좋으니 한번만 더 편지 를 써주세요. 그렇지 않으면, 나의 천사여, 이것이 마지막 편지가 될 것 입니다. 이것이 마지막 편지가 된다는 건 있을 수 없는 일이지요! 아니, 어림도 없습니다. 나는 편지를 쓰겠습니다. 그러니 당신도 써 주세요... 아아, 이젠 내가 무엇을 쓰고 있는지 도무지 모르겠습니다. 다시 읽어 보지도 않습니다. 그저 쓰고 싶으니까, 조금이라도 더 많이 당신께 쓰 고 싶으니까 쓰는 것일 뿐 입니다. 나의 귀여운 바렌까, 나의 그리운 바렌까, 나의 사랑하는 바렌까!"

이 바렌까와 제부슈낀이라는 두 인물의 인생에는 가난 때문에 힘겨워 하고, 스스로의 불행을 수치스러워 하면서 지하 창고에서 죽어 갔던 불행한 하층민들의 삶이 담겨있다. 도스또예프스끼는 자신의 처녀작에서부터 인간의 고통과 절망의 심연을 통찰하고 있다. 그의 소설은 '작은 형제' 들에 대한 사랑과 연민을 호소하고 있다.

* * *

도스또예프스끼의 예상하지 못했던 영광은 오래 가지 못했다. 『가난한 사람들』이후에 발표된 소설들은 벨린스끼를 실망시켰고, 독자의 마음을 사로잡지 못했다. 자존심이 강했던 작가는 『동시대인』지의 동인들과 결별했고, 벨린스끼가 극단적인 유물론과 무신론을 신봉하고 있다고 비난했으며, 중증의 신경성 질환을 앓게 되었다. 그는 알 수 없는 공포에 사로 잡혔으며, 스스로가 정신병자가 되었다고 생각하였다. 죽음만이 그를 구원해 줄 것이라고 믿기도 하였다. 1848년부터 그는 내무성의 관리였던 뻬뜨라셰프스끼가 이끄는 서클에 참여하기 시작하였고, 푸리에나 생 시몽, 까베와 같은 프랑스의 공상적 사회주의자들의 이론에 매료된다.

뻬뜨라셰프스끼의 '금요 모임' 에서 젊은이들은 평등 사회의 건설을 부르짖었고, 니꼴라이 정권을 과감하게 비판하고, 농민의 해방, 사법 제도 개혁, 검열의 완화를 요구하였다. 도스또예프스끼는 이 모임에서 벨린스끼의 고골에게 보내는 편지를 낭독하였다. 이 편지에는 죽음을 앞두고 있었던 비평가가 고골의 반동적인 신비주의를 폭로하면서, 러시아에 필요한 것은 기도가 아니라 개혁과 계몽이라고 주장했던 내용이 담겨 있었다.

1849년 4월에 뻬뜨라셰프스끼 단원들은 체포되어 사형을 선고받는다. 뻬뜨로빠블로프스끼 요새에 다른 '공모자'들과 함께 8개월간 갇혀 있었던 도스또예프스끼는 세메노프 연병장으로 끌려와 교수대에 서게 되었다. 그들에게 사형집행문이 낭독되었다. 죄수들 중 셋은 이미 기둥에 결박되었다. 그런데 그때 갑자기 북소리가 울려 퍼지더니, 피고인들에게 짜르께서 사면해 주셨다는 내용의 판결문을 낭독한다.

이 잔인한 형벌의 무대와 죽음을 앞두고 겪었던 순간의 체험은 예민했던 작가의 영혼을 뒤흔들어 버린다. 말로 설명하기 힘든 죽음을 체험하면서 그는 다른 사람들과 함께 교수대를 내려왔다. 그는 새로운 시선으로 주위를 둘러 보게된다. 과거의 삶은 자취를 감추고, 다른 사람들이 경험하지 못했던 새로운 삶이 시작된 듯하였다. 소설 『백치』에서 도스또예프스끼는 사형이 언도되었던 그 순간들을 다음과 같이 기술하고 있다.

"동료들과 작별을 고하자 자신에 대해 생각하기 위해 남겨둔 2분의 시간이 다가 왔다. 그는 자신이 무엇을 생각할 것인가를 미리 알고 있었다. 그는 될 수 있는 대로 빨리 그리고 더 생생하게 상상하고 싶어했다. 지금은 존재하고 살아 있다. 하지만 3분 뒤면 그는 누군지 무엇인지 알 수 없는 어떤 것이 될 것이다. 도대체 어떤 식으로, 어디에 있게 되는 것일까? 그는 이 모든 것을 그 2분 동안 해결하기로 마음먹었던 것이다. 멀지 않은 곳에 교회가 보이고 금도금한 지붕이 밝은 태양 아래서 빛났다. 그는 끔찍할 정도로 뚫어지게 그 지붕과 지붕에서 번쩍이던 빛을 보았던 것을 기억했다. 그는 이 빛으로부터 눈을 뗄 수 없었다. 마치 빛이 그의 새로운 본성이고, 3분 후면 그는 어떻게든 이 빛과 하나로 융합될 것만 같았다."

이후 도스또예프스끼는 시베리아에서 4년 동안 유형살이를 하게 된다. 그는 형과 작별을 하면서, 정말 살고 싶다는 것, 징역살이 또한 짐승처럼 사는 것이 아니라 사람살이이며, "태양을 볼 수 있기에" 인생은 아름다운 것이라고 말했다. 또볼리스끄에서 12월 당원들의 아내 중 한 사람이 그에게 성경책을 주었고, 이 책은 그가 옴스끄 감옥에서 읽을 수 있었던 유일한 책이었다. 갇혀 지냈던 4년 내내 이 책은 그의 베개 밑에 놓여 있었다. 신경쇠약에 시달리고 있었던 도스또예프스끼는 성경을 읽으며 살겠다는 의지를 갖게 되었고, 4년간의 끔찍한 고통을 견뎌 낼 수 있는 정신적 활력을 찾았다.

유형수들은 그를 귀족을 대하듯이 적개심어린 눈초리로 맞이하였다. 그들은 참기 힘들 정도의 적대적인 행동으로 그를 괴롭혔고, 심지어 죽이겠다고 위협까지 하였다. 그가 있었던 감옥은 다 쓰러져 가는 낡은 목조 건물로 여름엔 숨이 막힐 지경으로 더웠으며 겨울엔 몹시 추웠다. 빛이 거의 들지 않는 서리 자욱한 창문, 불이라도 땔라치면 탄내를 가득히 뿜어내는 난로, 처마에 달린 때가 덕지덕지 낀 물통, 벼룩, 이, 오물, 어둠, 주정, 욕설, 칼부림이 난무하는 그런 곳이었다. 이르끄

쉬에서는 영하 40도의 추위에 중노동을 해야 하였다. 그러나 도스또예프스끼가 가장 견디기 힘들었던 것은 그를 그토록 증오했던 감방 죄수들과 매시간 어찌할 도리 없이 같이 지내야 하는 일이었다. 그는 형에게 다음과 같이 쓰고 있다. "이 4년 동안 나의 영혼, 신념, 정신과 마음속에 무슨 일이 일어났는지 형에게 말하지 않으렵니다. 이야기 하자면 끝이 없으니까요."

1861년의 도스또예프스끼

시베리아에서 겪었던 체험은 작가의 영혼을 뒤흔들어 놓을 만큼 혹독한 것이었고, 이때의 일을 갈무리하는 데는 7년의 세월이 필요했다. 『죽음의 집의 기록』이 출판된 것은 1861년의 일이다. 도스또예프스끼가 죄수들과 부딪치면서 얼마나 고통스러워했고, 이 죄수들이 그가 감옥에 있을 때 얼마나 험하게 대했던 가를 우리는 알고 있다. 그러나 우리는 '죽음의 집'의 거주자들에 대한 준엄한 심판을 기대했다가, 곧 사정이 전혀 다른 것을 알고 놀라게 된다. 감옥에서 도스또예프스끼는 진리가 그의 편이 아니라 그의 적들의 편이라는 것을 깨달았다. 그는 신이 내린 시련을 겸손하게 받아들였으며, 주어진 운명을 탓하지 않고 각성의 계기로 삼았다. 그는 자신의 적을 용서했을 뿐만 아니라, 진정한 마음으로 그들을 사랑했다. 그들에게서 사악함 이면에 깔려 있는 진정한 인간의 정신을 발견하였으며, 이러한 악인, 강도, 살인자들이야말로 최고의 러시아 인들이라고 기꺼이 이야기 할 수 있었다.

"이 사면의 벽 속에 얼마나 많은 젊은 인생들이 무익하게 묻혀버렸는가, 얼마나 많은 재능들이 여기서 헛되게 사라져 갔는가! 이 사람들이야말로 진정 비범한 사람들이었다고 말해야 하지 않겠는가."

도스또예프스끼는 범죄자들을 '운이 없었던 사람들'이라고 보았다. 그러한 수난자들에게서는 '득도한 사람만이 가질 수 있는 특징들'을 찾아 볼 수 있었다. 언제나 미소가 빛나고 있었던 온순하고 잘생긴 청년 시로뜨낀이 그러하고, 다정하고 몽상적이었던 젊은 까자끄인 알레이가 그러하다. 작가는 알레이에게 복음서로 글을 가르쳤는데, 그는 산상수훈이 주는 최고의 의미를 느낄 수 있었다. 또한 유쾌하고 선량했던 유대인 이사이 포미치와 격식을 좋아하는 '호인'이었던 전직 장교 아낌 아끼므이치도 이러한 사람들이라고 이야기 할 수 있다. 하지만 이렇게 좋은 사람들 옆에는 나쁜 사람들도 있었다. 어린 아이들을 칼로 찔러 댔던 잔인한 인간 가진이 그러하며, 오만하고 강한 성격을 가졌던 강도 오를로프는 사탄의 후광과 같은 것이 드리워져 있었다. 도스또예프스끼는 가혹한 현실을 있는 그대로 생생하게 『죽음의 집』에서 묘사하고 있다.

도스또예프스끼는 말한다. 교회에서 "수감자들이 온 마음을 다 바쳐 기도하였고, 그들 모두가 매번 몇 푼 안되는 돈이지만 초를 사서 바치거나 헌금을 하곤 하였다. '신 앞에 모두가 평등하다' 라는 구절을 읊조릴 땐, '나 같은 사람도 인간답게 살 수 있지 않을까' 라고 생각하거나 느끼는 듯 했다. 아침 예배의 성찬식에서 손에 잔을 든 성직자가 '나 같은 죄인을 용서해 주소서' 라는 어구를 낭송할 때면 거의 대부분이 땅에 엎드려 머리를 조아렸는데, 아마도 이 말이 자기 자신에게 한 말로 여기는 것 같았다."

옴스끄의 감옥은 도스또예프스끼에겐 골고다와도 같았다. 말로 표현할 수조차 없었던 정신적, 육체적 고통 속에서 그는 십자가에 매달린 그리스도의 형상을 발견하였으며, 그리스도를 향한 민중의 신앙을 갖게 되었다. 그는 감옥에서 그리스도와 죄를 짓고서 자신의 죄로 말미암아 고통 받는 수난자인 러시아의 민중을 사랑하게 되었다. 시베리아에서 '신비주의적인 인민주의' 라고 부를 수 있는 그의 세계관은 골격을 갖추게 된다.

* * *

복역을 마치고서 도스도예프스끼는 세미빨라찐스끄에 일반 사병으로 배속되었다. 여기서 그는 『아저씨의 꿈』과 『스쩨빤치꼬보 마을』이라는 두 편의 작품을 썼다. 그리고 1859년이 되어서야 그는 러시아로 귀환할 수 있었다.

뻬쩨르부르그에서 그는 새롭게 마음을 다잡고 문학적 과업에 몰두했고, 자신의 형인 미하일과 함께 『시간』이란 잡지를 출간하였으며, 이

잡지에 『죽음의 집의 기록』과 펠리에톤 소설인 『학대받는 사람들』을 게재하였다. 감수성 예민한 나따샤 이흐메니예바가 경박한 공작 알료샤 발꼬프스끼를 좋아하게 된다는 불행한 사랑을 소재로 한 이 소설은 급하게 씌어진데다가 지루한 멜로드라마 같아서 그다지 중요한 의미를 갖는 작품은 아니다. 하지만 눈에 띄는 여러 결함에도 불구하고 『학대받는 사람들』은 이후 도스또예프스끼 소설이 갖게 될 가장 심오한 테마를 내포하고 있었다. 견습 작가 이반 뻬뜨로비치라는 인물에서 작가는 부분적으로나마 40년대 자신의 초상을 묘사하고 있다. 선량하고 헌신적으로 사랑할 줄 아는 나따샤의 형상에는 작가가 즐겨 묘사했던 열정적이고 의지력 강한 여인의 특징이 담겨 있다. 알료샤의 아버지 발꼬프스끼 공작은 양심이라고는 찾아 볼 수 없는 인간이자 시니컬한 악인으로 등장하는데, 그는 이후 도스또예프스끼의 모든 '악마적인' 주인공들의 원조가 된다.

징역살이 이후 작가는 도덕적인 의무와 자유의 문제를 심각하게 고민한다. 그가 몰두했던 것은 자신이 윤리적인 책임을 벗어나서 범법 행위를 할 수 있는 권리를 갖고 있다고 여기는 한 인간의 내면을 살펴보는 것이었다. 발꼬프스끼 공작은 배신자이고 방탕하며 비열한 음모를 꾸미는 사람이다. 그는 혐오스러울 뿐만 아니라, 수수께끼 같은 초자연적인 공포를 발산한다. 그에게는 어둡고 비밀스러운 악의 힘이 구현되어 있다.

『시간』이란 잡지에서 도스또예프스끼 형제는 60년대 유물론과 실용주의를 주창했던 기관지 『동시대인』과 『러시아의 말』지와 치열하게 논쟁을 벌였고, 아직은 시론에 지나지 않았던 자신의 '대지주의' 이론을 선전하였다. 두 형제는 인텔리겐찌야들이 대지와 민중, 러시아적인 신앙과 민중들의 진리로 귀환할 것을 호소하였다. 이러한 슬라브주의의 변종은 잘못된 방향으로 흘러 지식인들을 분열시키는 역할을 하였지만, 정부는 과거 뻬뜨라셰프스끼 단원이자 유형수였던 사람의 애국심을 신뢰하지 않았다.

1863년에 『시간』은 폐간되었다. 다음 해 잡지는 『시대』라는 이름으로 복간되었지만, 성공을 거두지는 못하였다. 사랑했던 형 미하일의 죽음, 아내의 죽음 (도스또예프스끼는 시베리아에서 한 지방 관리의 미망인과 결혼했었다), 그리고 『시대』의 폐간으로 말미암아 도스또예프스끼는 헤어날 길 없는 절망에 빠지게 되었다. 그는 잡지 때문에 형이 남긴 부채를 떠맡아야 했으며, 마지막 남은 돈마저 잡지를 출간하는데 써버렸고, 오갈 데 없이 남겨진 고인의 가족을 부양해야만 하였다. 그리고 그가 해야만 했던 일들은, 그의 말에 따르자면, 유형지의 중노동 보다 더 힘겨운 것이었다. 그는 한 친구에게 다음과 같은 편지를 보냈다. "빚을 갚고 다시 자유로워 질수만 있다면, 기꺼이 나는 기나긴 유형 생활로 돌아가고 싶다네. 이제 나는 가난이라는 몽둥이로 두들겨 맞으면서 황급히 작품을 써나가야 한다구……."

이렇게 절대적으로 혼자라는 고독을 느끼면서, 갈수록 빈번해지는 간질 발작 후 엄습해 오는 절망스러운 우수를 느끼면서, '몽둥이를 맞으며', '황급히' 쓴 소설이 세계 문학의 최대 걸작 중 하나로 손꼽히는 『죄와 벌』(1866)이다.

『죄와 벌』의 주인공 라스꼴리니꼬프의 초상

이 소설의 내용을 작가 스스로가 『러시아 통보』의 편집인인 M. 까뜨꼬프에게 보내는 편지에서 다음과 같이 적고 있다.

"이 작품은 한 범죄에 대한 심리적 해석입니다. 사건은 금년에 일어났습니다. 대학에서 쫓겨난 하층계급 출신의 가난한 한 젊은이가 경솔함과 관념의 우유부단함에 시달리던 중 공기 중에 유유히 떠다니는 이상하고 '온전치 못한' 사상들의 지배를 받게 되고, 구역질나는 상황에서 빠져 나오기로 결심하지요. 그는 어떤 노파, 이자를 받고 돈을 빌려주는 9등 문관의 부인을 살해하기로 마음먹습니다. 노파는 어리석고 귀가 어두우며 병약하고 탐욕스럽지요. 그녀는 여동생을 공장 노동자처럼 부려먹으면서 터무니없이 높은 이자를 요구하는 사악한 여자로, 다른 사람들의 삶을 갉아 먹고 있습니다. '그녀는 아무 짝에도 쓸모가 없다', '그녀는 무엇을 위해 사는가?', '그녀가 과연 누구한테 소용이 있는가?' 이런 질문들이 젊은이를 혼란스럽게 합니다. 그는 지방에 사는 어머니를 행복하게 해드리기 위해, 어느 지주의 시녀인 여동생을 탐욕스런 지주의 지분거림으로부터 구하기 위해, 또 학업을 마치고 해외로 나가기 위해 여생을 인류에 대한 인간적인 빚을 갚으면서 영예롭고 정직하며 확실하게 살기 위해 — 물론 이것은 '그의 범죄(만일 귀머거리, 바보천치, 사악하고 병약하며, 자신도 이 지상에서의 삶을 왜 계속하는지 모르며, 어쩌면 한 달 뒤에 저절로 죽어버릴지도 모를 노파에 대한 이런 행위에 범죄라는 용어가 적용될 수 있다면)를 대신 속죄하는 것' 이다 —그녀를 죽이고 그녀의 모든 것을 빼앗기로 결정합니다. 이런 성격의 범죄는 성공하기 매우 힘들다는 사실에도 불구하고 — 다시 말해 어떤 흔적이나 단서 등이 많이 남게 되어 범죄 집단의 정체를 드러내기 마련입니다 — 운 좋게도 그는 신속하게 자신의 계획을 완성하는데 성공합니다. 그는 범행 후부터 최후의 파국 까지 거의 한 달을 보냅니다. 아무도 그를 의심하지 않고 또 의심할 수조차 없습니다. 바로 여기서 범죄의 심리적 과정 전체가 전개됩니다. 살인자는 풀리지 않는 문제들과 대면하게 됩니다. 예기치 않았던 낯선 감정들이 그의 마음을 괴롭힙니다. 천상의 진실과 정의, 지상의 법은 그 본연의 권리를 주장합니다. 그리고 마침내 그는 자기 자신을 완전하게 포기하도록 강요받게 됩니다. 비록 유형지에서 죽을 지라도 인간과 다시 접촉하기 위해서는 그래야 하는 것입니다. 그가 범죄를 지지른 직후 경험했던 인류로부터의 분리 및 단절의 감정이 그를 괴롭혔던 것입니다. 정의와 인류의 법칙이 제 위치를 찾은 것입니다. 범죄자 자신은 스스로의 행위를 속죄하기 위해 고통을 받아들입니다."

이렇게 작가는 자기가 쓴 소설의 의미를 밝히고 있다. 대학생이었던 로지온 라스꼴리니꼬프는 "자신의 의지를 밝히고자 하는" 강한 개성을 가진 인물이다. 그는 침울하고 오만하지만, 동시에 관대하고 선량하다. "그는 끔찍하리만큼 스스로를 높이 평가합니다. 하긴 그것이 전혀 억지는 아니지요"라고 라스꼴리니꼬프의 친구 라주미힌은 그에 대해 말한다. 폐쇄적이고 병적인 자기애로 가득 찬 그의 본성은 타인을 사랑 할 수 있게도 해주지만 고통을 수반하는 것이다. 그는 어머니와 여동생에게 따뜻한 애정을 보여주고, 굶어 죽어가는 마르멜라도프의 가족에게 자신의 마지막 남은 돈마저 아낌없이 준다. 그는 다락방에 살면서 신경을 바짝 곤두세우고 침대에 누워 있거나 열병에 걸린 사람처럼 상념에 사로잡힌다. 가위에 눌린 것처럼 어떤 생각이 그를 사로잡고 있고, 그 생각은 논리적으로는 설명할 수 없는 심오한 깊이를 갖고 있다.

몽상가이자 이론가인 라스꼴리니꼬프는 이러한 생각을 극단적인 결론으로 도출해 낸다. 언젠가 그는 논리 정연한 범죄 이론을 피력한 논문을 쓴 적이 있다. 모든 인류는 두 개의 범주로 구분되는데, 선택된 소수와 그저 한 떼의 무리에 지나지 않는 인간들이 그것이다. 위대한 천재들이자 지도자이며 법의 제정자인 전자에게는 모든 것이 허용되어 있다. 왜냐하면 그들은 통상의 윤리에 얽매이지 않으며, 선과 악을 초월하고, '위반' 할 수 있으며, 그들에게 적용되는 법이란 존재하지 않기 때문이다. 나머지 무리에 속하는 인간들, '벌벌 떠는 피조물' 은 천재들에게 복종하여야 한다. 라스꼴리니꼬프는 말한다. "이성과 영혼이 견고하고 강한 이가 주권자가 되어야만 해! 더 많이 용기를 내어 일을 감행하는 사람만이 사람들 눈에는 옳아 보이는 법이지. 권력은 용기를 내서 몸을 굽혀 그것을 줍는 자에게만 주어지는 거야. 오직 하나, 하나 만이 필요한 거야. 용기를 내는 일만이 필요한 거라고!"

라스꼴리니꼬프는 이집트 원정 당시 피가 강을 이루고 시체가 산 더미처럼 쌓였지만 스스로의 '권리'를 자각하고, 스스로의 '정당성'을 믿어 의심치 않았기에 멈추지 않았던 나폴레옹을 숭배한다. "나는 알아야만 했어, 어서 알고 싶었지. 다른 사람들처럼 내가 '이'인가, 아니면 인간인가? 내가 선을 뛰어 넘을 수 있는가, 아니면 넘지 못하는가? 나는 벌벌 떠는 피조물인가, 아니면 권리를 갖고 있는가를 말이지." 이 점을 알기 위해서 그는 전당포 노파를 살해한다. 그러나 혐오스러운 현실 때문에 저지른 범죄는 그를 육체적으로도, 정신적으로도 삼켜버린다. 그가 스스로에게 던지는 질문들이나 의혹, 자신의 '정당성'에 대한 불신 그리고 자기 스스로에게 자신의 힘을 명확하게 '증명해 보고자' 하는 욕망은 그가 초인도 나폴레옹도 아니라는 것을 보여준다. 아무런 의미도 없이 역겨웠던 두 번의 살인은 고통만을 가중시킬 뿐이었다.

라스꼴리니꼬프는 이론가이자 이데아의 숭배자이고 추상적인 사상가라고 할 수는 있겠지만 결코 현실적인 인간도, 지도자도, 주권자도 아니었던 것이다. 그의 고찰은 논리적으로는 더할 나위 없었지만, 실제의 그는 얼마나 초라하고 궁지에 몰려 있는가! 초인의 묘사에서 도스또예프스끼는 니체의 직접적인 선조이다. 그는 신을 부정했던, 마성적인 힘으로 가득 찬 인간이 신에 대항하여 전 세계를 피로 적시는 오늘 날 우리의 시대를 예견하고 있다. 소설 속에서 이성의 오만함과 사악한 의지의 자기 확신은 '지상의 법칙'과 '신의 진리'에 대비되고 있다.

범죄를 저지르고 난 라스꼴리니꼬프는 "무한한 고독과 소외를 느끼는 고통스러운 참담함"을 경험한다. 그는 자연과 세상에서 단절되어 버렸고, 모든 사람들을 하나로 묶고 있는 연대감을 상실한다. 그는 외친다. "나는 나 자신을 죽였어. 노파가 아니라! 그렇게 단칼에 나는 내 자신을 영원히 죽여 버린 거야." 이성의 법칙은 파괴적이고 위협적이다. 이 법칙이 그를 끝없는 심연에 잠기게 한다. 하지만 '삶의 법칙'은 그를 구원한다. 이 법칙은 힘겹게 가족을 부양하고 있는 술주정뱅이 마르멜라도프의 딸, 소냐 마르멜라도바에게서 나타난다. 소냐는 굶어 죽어가는 가족을 구하기 위해서 '창녀'가 되었고, 스스로를 희생하며 산다. 정신적으로 순결하고 겸손한 그녀는 묵묵히 무거운 십자가를 지고 가며, 자신을 마지막 죄인으로 생각하고 있다. 오만한 범죄자는 그녀의 발 앞에 엎드리고 소냐에게 말한다. "나는 당신에게 절한 것이 아니라, 온 인류의 고통에 절한 거요!" 소냐는 공포와 연민으로 얼어붙은 채 그의 고백을 귀 기울여 듣는다. 그런데 그녀는 그를 탓하지 않고 눈물을 흘리며 말한다. "아, 당신은 어떻게 그런 일을 할 수가 있었나요! 이제 이 세상 누구도 당신보다 더 불행한 사람은 없을 거예요!" 그리고 살인자와 매춘부는 부활한 나자로 이야기를 읽는다.

교육을 받지 못한 가련한 소냐가 철학자 라스꼴리니꼬프보다 더 현명하다. 그녀는 '신의 진리'를 알고 있고, 사람들을 주권자와 무리로 구분할 수 없다는 것, 또한 그들 모두가 신의 아이들이며 개개인 모두가 세상에서 가장 귀중한 존재라는 것을 알고 있다. 라스꼴리니꼬프는 스스로를 심판관이라고 자부하고서, 어떤 이의 삶이 가치가 있으며 어떤 이의 삶이 무가치한 것인가를 결정하는 신이 되고자 한다. 소냐는 모든 삶의 신비로움 앞에, 그녀가 이해하지 못하는 심오함 앞에서 머리를 조아린다. 그러나 라스꼴리니꼬프는 자신이 저지른 살인으로 말미암아 성스러운 어머니인 대지를 모욕하였다. 소냐는 그에게 말한다. "지금 즉시 사거리에 나가 먼저 당신이 더럽힌 대지에 절을 하고 입을 맞추세요. 그 다음 온 세상을 향해 절을

『죄와 벌』의 주요 장면및 구성 스케치

하고 소리를 내어 모든 사람들에게 말하세요. '내가 죽였습니다!' 라고 그러면 하느님께서 또다시 당신에게 생명을 보내주실 거예요."

　라스꼴리니꼬프는 죄를 인정하고 자수하게 되며, 재판을 받고 유형을 가게 된다. 하지만 그의 오만한 이성은 계속해서 종교적인 '삶의 법칙'을 인정하려 하지 않는다. 그는 벌의 의미를 이해하지 못하며, 고난을 통해 영혼을 정화시켜야 한다는 필요성도 느끼지 못한다. 유형을 간 살인자의 뒤를 쫓아 시베리아에 왔던 소냐 만이 그의 굳어 버린 영혼을 되살려 놓는다. 그는 그녀가 보여준 거룩한 희생과 사랑의 힘 앞에서 겸허해 진다. 증오만이 가득 했던 마음속에 과거를 뉘우치는 마음이 생겨나고, 소냐에 대한 사랑이 뜨겁게 불타오르면서, 그는 비로소 다시 태어나게 된다. 성경 속의 부활한 나자로 이야기는 에필로그에서

소설 전체의 종교적인 상징으로 부각되고 있다.

* * *

『죄와 벌』은 거센 찬반양론을 불러 일으켰다. 혹자는 작가의 '잔인한 재능', 즉 그의 천재적인 심리적 통찰력과 철학적 깊이를 말했고, 혹자는 그가 젊은 세대를 헐뜯고 있다고 비난하면서, 그는 오로지 고통스럽고 병적이며 왜곡되고 혐오스러운 것들에만 몰입하고 있다고 고개를 흔들었다. 비평가들은 도스또예프스끼가 해냈던 '발견'의 의미, 그의 인간론이 가지는 새로움을 완전하게 평가할 수 없었다.

하지만 떠들썩했던 소설의 성공이 작가의 경제적 궁핍을 해결해 주지는 못하였다. 그는 채무자들의 빚 독촉을 피해서 해외로 떠나게 된다. 4년 동안을 그는 자신의 두 번째 아내 안나 그리고리예브나와 함께 스위스, 독일 그리고 이탈리아에서 체류한다. 끊임없는 가난, 조국에 대한 애절한 향수, 악화된 간질 발작, 고통스럽게 수없이 고쳐 써야 했던 두 권의 장편 소설 『백치』와 『악령』의 집필 작업, 언제나 돈을 잃는 도박에 대한 집착 등이 이 우울했던 시기의 상황이었다.

도스또예프스끼의 내적인 상황도 이에 못지않게 비극적이었다. 그는 명확하고 직접적으로 느낄 수 있는 신앙, 온전한 체계를 갖춘 종교적 세계관을 탐색하였지만, 그의 이중적이고 모순으로 가득 찬 영혼은 평온을 찾을 수 없었다. '긍정적이고 인격적으로 훌륭한 인간'을 묘사하거나 러시아의 역사적 현실을 인정하고 '흠잡을 수 없는 이상'을 발견하고자 하는 시도들은 난관에 부딪쳤다. 『백치』에서 도스또예프스끼는 '이상적인 러시아인'의 모습을 백치와 성인의 면모를 다 갖고 있는 므이슈낀 공작에게 구현한다. 그는 스위스의 요양원에서 치료를 마치고 러시아에 돌아 온 인물로 천사나 다름없는 온화함과 선량함, 그리고 관용을

『백치』의 주인공 얼굴 스케치, 1867년

겸비하고 있다. 그는 온 세상을 포용하고, 모든 사람들을 이해하고, 모든 사람들이 행복해지기를 원한다. 그러나 그는 '악마의 심성을 지닌 미녀' 나스따샤 필립쁘브나와 그녀의 약혼자인 상인 빠르펜 로고진을 둘러싸고 있는 욕망의 회오리에 휘말려 들게 되면서 그 누구도 구원할 수 없었고, 자신마저 질투와 시기, 증오와 범죄로 가득 찬 세상 속에서 파멸해 간다.

『악령』에서 도스또예프스끼는 악령에 사로잡힌 민중들의 소요 사태가 빈번하게 일어 나고 있는 러시아의 격동기를 묘사한다. 그가 보기에 혁명 운동은 추악한 사기꾼과 비열한 그리고 배신자들의 폭동이다. 그리고 이 패거리는 코를 벌름거리며 키득거리는, 소설 속 주인공 뾰뜨르 베르호벤스끼와 같은 '작은 악마'에 의해 움직인다. 이러한 역겨운 피의 소용돌이의 정신적 구심점은 마왕처럼 무시무시하고 정체를

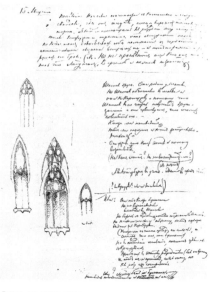

『악령』의 육필 원고

알 수 없는 인물 니꼴라이 스따브로긴이다. 그는 살아 있는 인간의 얼굴이 아니라, 아름답지만 동시에 역겨움을 주는 죽은자의 얼굴을 갖고 있다. 작가의 어떤 소설에서도 『악령』에서처럼 공포와 살인, 자살, 방화, 폭동 그리고 다양한 정신적 질환이 자주 등장하는 작품을 찾기는 어렵다. 소설의 주제를 상징하는 성경 속의 정신병에 걸린 가다린의 치유 이야기는 부분적으로만 소설의 내용과 일치한다. 왜냐하면 악령이 깃든 돼지 떼들에 의해 짓밟힌 러시아를 볼 수는 있지만, 그리스도의 발밑에 앉아 있는 치유된 러시아의 모습을 찾기는 어렵기 때문이다.

편견과 악의에 가득 찬 이 팜플렛 형식의 소설은 모든 젊은 세대가 작가에 대해 적개심을 갖게 되는 계기가 되었다. 도스또예프스끼는 반동적이고 보수적인 작가라는 낙인이 찍혔으며, 옳지 않은 견해를 철회하라는 커다란 압력을 받아야만 하였다.

1871년에 그는 러시아로 돌아온다. 이 시기는 작가의 말년에 해당하는 때로서, 상대적이지만 안정되고 정신적 평화를 누리던 기간이었다. 안나 그리고리예브나의 살림솜씨 덕분에 재정 형편도 훨씬 좋아졌다. 도스또예프스끼는 자신의 책을 직접 출판하였다. 그는 이 책들로 인해 돈을 벌 수 있게 되었고, 마침내 어느 정도 독립적이고 안정된 생활을 누리게 되었다. 스따라야 루사에 있는 자그마한 집도 구입할 수 있게 되었는데, 이곳에서 그는 안락한 가정생활을 즐기며 집필 활동을 할 수 있었다. 소설 『미성년』을 집필하는 동시에 그는 평론 활동에도 전념하였다. 1873년에는 잡지 『시민』의 편집인으로 활동하였고, 1876-1877년에는 잡지 『작가의 일기』의 발행인이 되었다. 그는 애정 어린 마음으로 러시아의 민중에 대해서, 고통으로 단련된 그리스도에 대한 신앙에 대해서, 순종과 참회에 대해서 써나갔다. 그는 러시아에 위대한 미래가 있을 것이고, 그리스도 안에서 모든 인민들이 형제처럼 하나가 되는 '전 인류적인 사명'을 예언하였다. 정교에서 그는 구세주의 왜곡되지 않은 참 얼굴을 발견하였고, '빛이 동방에서 비출 것'임을 믿었다. 조국의 대지에서 분리되어 버린 러시아의 인텔리겐찌아에게 그는 끊임없이 다시 민중과 하나가 되라고 호소하였다. 그러나 도스또예프스끼의 '신비주의적인 대지주의'는 자주 호전적인 제국주의나 국수주의적인 논리에 이용되었다. 그는 순종을 설교하였지만, 이 순종이 '오만함 보다 못할 때'가 종종 있곤 하였다.

도스또예프스끼의 최후의 소설이자 그의 창작의 정신적인 총결산이고 미래 세대에게 남기는 유언과도 같은 작품이 『까라마조프 씨네 형제들』(1879-1880)이다. 작가는 외딴 시골에 자리한 도시의 이모저모를 묘사하면서, 이곳에 사는 주민들의 기질을 사실적으로 그리고 있다. 그런데 치졸하고 저속한 그들의 삶의 양상은 인간 영혼의 심연을 가리고 있는, 세속적인 삶의 양태 이면에 있는 끔찍한 진실을 감추고 있는 덮개일 뿐이다. 철학적인 내용의 깊이와 작품의 주제가 갖고 있는 무게를 따져 볼 때, 『까라마조프 씨네 형제들』은 최고의 세계문학 작품인 단테의 『신곡』과 괴테의 『파우스트』에 필적할 만하다.

내용적 측면에서 이 작품은 한 가족이 겪게 되는 사건을 다룬 연대기이며, 호색한이며 뻔뻔스러운 노인 까라마조프를 그의 사생아인 스메르쟈꼬프가 살해한다는 내용과 아버지와 아들들 사이의 적대감을 다룬 이야기이고, 까라마조프의 또 다른 아들 드미뜨리가 누명을 쓰고 징역형을 받게 된다는 이야기를 담고 있다. 또한 매혹적이지만 제멋대로인 그루셴까를 두고 아버지와 아들이 다투는 극적인 내용도 있으며, 이와 병행해서 드미뜨리에 대한 이반의 시기심과 드미뜨리가 버린 약혼녀 까쩨리나 이바노브나에 대한 이반의 열정적인 감정도 묘사된다.

주제를 놓고 볼 때 소설은 암흑의 세력과 빛의 세력이 싸움을 벌이고, 지하의 지옥과 천상의 천국 사이에 지상의 왕국이 위치하고 있다는 설정의 중세 신비극과 흡사한 형식을 취하고 있다. 도스또예프스끼는 우리들의 가슴 속에 간직되었던 신의 형상이 희미해져 버리고, 전통적인 윤리 의식이 뿌리 채 흔들리며 현실의 모든 것이 어수선하고 요동치며 안개에 휩싸인 시대의 역사를 묘사하고 있다. 드미뜨리 까라마조프는 이렇게 절규한다. "비밀은 왜 이렇게도 많은 것일까! 이 땅의 인간들을 너무나도 많은 수수께끼들이 짓누르고 있구나."

도스또예프스끼의 주인공들은 신앙심을 잃어버린 사람들이고, 자유를 찾아서 그 자유의 한계를 탐색해 보지만, 끝내 그 경계를 발견하지 못하는 사람들이다. 이 주인공들은 '까라마조프적인 천박한 열망'이라고 표현 할 수 있는 용솟음치는 삶의 에너지를 갖고 있다. 그런데 이 거대한 에너지는 아버지 까라마조프의 육욕처럼 '무절제한 욕구'로 소진되거나, 드미뜨리의 자유분방함, 또는 이반의 무신론으로 고갈된다.

까라마조프 일가는 신에게 버림받고, 사막을 정처 없이 헤매고 다니는 동시대 모든 인간을 압축적으로 상징하고 있다. 만약 신이 없다면, 모든 것이 허용된다. 그리고 바로 이때 인간이 신의 자리에 올라서는 것이다. 내세의 구원과는 거리가 먼 의지는 세상을 파괴하고 자멸하게 만드는 광기로 변한다. 신의 섭리를 따르지 않는 이성은 모든 창조물을 부정하고 자기도취에 빠져 버린다. 천재적인 통찰력으로 도스또예프스끼는 신이 되어 버린 인간이 오만함과 무신론 그리고 악마적인 교만에 빠져버리는 모든 과정을 추적한다. 그는 미래를 예견할 수 있는 능력이 있었기에 러시아의 혁명과 신을 부정해 버린 공산주의 왕국이 초래할 참극을 미리 볼 수 있었다. 그러나 그는 악의 세계를 묘사하면서, 이에 대비되는 자신의 믿음, 즉 빛의 궁극적인 승리와 인간의 영혼 속에서 퇴색되지 않는 신의 형상, 앞으로 도래할 신의 세계에 대한 믿음을 보여준다. 드미뜨리 까라마조프는 이렇게 말한다. "이제 신과 악마의 싸움이 벌어 졌어. 그런데 그들의 격투장이 되고 있는 곳은 바로 우리 인간의 마음이지." 소설에는 인간의 영혼 속에서 벌어지고 있는 선과 악의 숙명적인 결투가 담겨져 있다.

학구적인 이반 까라마조프는 논리 정연한 이론가이고, '악마의 변호인' 처럼 등장한다. 동생 알료샤에 대한 그의 고백과 그가 기술한 〈대심문관의 전설〉에는 역사상 한때 유일한 진리였던 신의 존재를 반박하는 논증들이 집중적으로 담겨 있다. 그의 주장 속에 담긴 '부정의 힘'은 너무도 위력적이어서 전 세계를 파괴시켜 버릴 수도 있다. 이반은 지상에 존재하는 악에 무책임한 신을 비난한다. 신은 그가 창조한 세상을 벗어날 길도 없고, 아무런 의미조차도 없는 고난의 바다에 잠기게 하였다. 최후에 어떠한 승리를 거둘지라도, 믿음을 지킨 사람들이 어떠한 상을 받고, 죄인들이 어떠한 벌을 받을지라도, '처절하게 고통 받는 한 소년의 눈물'을 대신해 줄 수는 없다. 이러한 불평등과 암흑의 세계를 그는 받아들일 수 없었고, 그 때문에 그는 천국에 들어 갈 수 있는 문의 "입장권을 신에게 반환한다." 〈대심문관의 전설〉에서 에스파니아의 대심문관은 그리스도를 재판하면서, 그의 가르침에 따라서 살기에는 사람들이 너무나 약하고 미미한 존재라고 강변한다. 구세주는 사람들에게서 자유의지에 따른 사랑을 원했지만, 인간에게 그것은 자유보다 더 큰 짐이었다. 대심문관은 그리스도의 위업을 수정하고자 한다. 다시 말해 그는 자유와 사랑에 대한 믿음 대신에 권력과 기적 그리고 권위를 제안한다. 그는 초라한 반란자들을 제압했고, 그 대신에 평온하고 배부른 삶을 보장한다. 대심문관의 열정적인 장광설에 구세주는 대답하지 않는다. "그런데 갑자기 그는 아무 말 없이 대심문관에게 다가오더니 아흔 살 노인의 핏기 없는 입술에 조용히 입을 맞췄지." 오만한 변절자의 분별없는 말에 그리스도는 사랑의 입맞춤으로 대답한다.

우리는 소설에서 이반 까라마조프의 논리 정연한 무신론을 이론적으로 반박하는 장면을 찾아 볼 수 없다. 부정적인 이성에 대비가 되는 것은 논리적인 고찰이 아니라, 생생한 신비스러운 체험이다. 도스또예프스끼는 불신자들에게 '와서 보라'고 말한다. 신은 조시마 장로와 막내 동생 알료샤의 순결하고 애정 넘치는 가슴 속에 살아 있다. 신의 존재는 증명할 수 있는 것이 아니라, 다만 느낄 수 있는 것이다. "빛은 어둠을 비출 수 있지만, 어둠은 그 빛을 포용하지 못하기에" 그러하다. 이렇게 은밀한 빛의 발산은 드미뜨리의 '자유분방함'이나 아버지 까라마조프의 '호색함', 또는 이반의 무신론적인 반란처럼 현실에 똑같이 존재하는 것이다.

알료샤는 수도원에서 미래를 내다보는 영혼의 치료자인 조시마 장로의 견습사제가 되어 생활한다. 이 정신적인 아버지는 그를 세상에 내보내서 타인들을 위해 봉사하며, 죽어 가는 형제들을 구원하고, 악에 바친 불행한 이들을 달래 주길 원한다. 그의 기쁨에 찬 미소와 조용히 반짝이는 눈, 수줍을 정도의 겸손함 그리고 다정한 말들은 까라마조프적인 어둠의 왕국에 평화와 빛을 드리운다. 그런데 순수한 알료샤에게는 그의 혈족들이 갖고 있는 어두운 힘들도 내재되어 있다. 그는 유혹을 견디지 못한다. 주변에서 밀어닥치는 몽롱한 욕망들에 사로잡힌 그는 심각한 정신적 위기를 겪는다. 그가 성인으로 떠받들었던 조시마 장로가 죽은 후, 그는 일시적인 혼돈에 빠져 '썩어빠진 영혼'의 목소리에 귀를 기울이며, 그의 신앙도 요동친다. 그는 장로의 무덤가에 서 있다가, 꿈결처럼 "사흘째 되던 날 갈릴레아 지방의 가나안에 혼인 잔치가 있었는데..."라고 이어지는 성경 낭독 소리를 듣게 된다. 그리곤 갑자기 눈앞에 방이 나타나고, 이 방에서 그는 결혼식 피로연에 참석한 손님들과 젊은이들 그리고 '지혜로운 연회장'을 보게 된다. 그런데 커다란 탁자 뒤에서 "여위고 얼굴에는 잔주름이 가득하지만 고요한 미소를 지으며 즐거워하는 노인"이 일어서고 있는데, 그는 바로 조시마 장로이다. 그는 알료샤에게 다가와 말한다. "우리는 즐기고 있다. 새로운 포도주, 새롭고 위대한 기쁨의 포도주를 마시고 있다. 축하객들이 얼마나 많은지 보이지?.. 그리고 우리의 태양, 그분이 보이느냐?.. 그 분을 두려워하지 말거라. 우리 앞에 서 계신 그 분의 당당함은 두렵고, 그 분의 숭고함은 무섭지. 하지만 그분은 무한히 자비로운 분이시다. 우리들에 대한 사랑 때문에 그분은 자신의 형상을 닮게 만드셨고, 우리들과 더불어 즐거움을 나누시지..."

이러한 알료샤의 환영(幻影)은 도스또예프스끼의 창작을 통틀어서 가장 돋보이는 것이다. 세상 모든 것이 하느님의 왕국이고, 죄 지은 모든 자들이 구세주의 연회에 초대되어 무한한 기쁨을 주는 새로운 포도주를 마시고 취해있다. 세상의 모든 것, 세상의 모든 사람들에게 그리스도가 함께 하기에, 모든 신의 피조물들은 아름답다. 미가 세상을 구원하며, 지상의 모든 것이 천국으로 변하고, 모든 영혼이 기뻐한다. 갈릴레아 지방 가나안에서의 결혼식, 물이 포도주로 변하는 기적은 소설의 종교적 상징이자 완벽한 조화와 미가 구현된 형상이다.

환영으로 넋을 잃은 알료샤는 뛰다시피 수도원을 빠져 나온다. "환희로 충만한 그의 영혼은 자유와 공간과 광활함을 열망했던 것이다. 그의 머리 위에 고요히 빛나는 별들로 가득 찬 창공이 무한히 광활하게 펼쳐져 있었다 …… 땅 위에는 아무런 움직임도 없이 고요하고 신선한 밤이 드리워져 있었다 …… 지상의 고요가 하늘의 그것과 융합하는 듯 했고, 지상의 신비가 별들의 그것과 서로 맞닿는 듯 했다. 고목이 쓰러지듯 알료샤는 제자리에 서서 그것을 바라보다가 별안간 대지 위에 몸을 던졌다. 그는 무엇 때문에 대지를 포옹했는지 알지 못했으며, 어째서 대지에, 그 대지 전체에 그토록 입을 맞추고 싶어 했는지 이유를 알 수 없었지만 눈물을 흘리고 오열을 하면서 그리고 눈물로 대지를 적시며 입을 맞추었고 대지를 사랑하겠노라, 영원히 사랑하겠노라 굳게 맹세했다... 그처럼 수많은 신의 세계들에서 던져진 실타래들이 단번에 그의 영혼 속에서 마치 하나로 합쳐지기라도 한 것처럼, 그의 영혼은 '다른 세계와 교감하며' 떨고 있었던 것이다 …… 그는 연약한 젊은이로서 대지에 몸을 던졌지만 확신으로 가득 찬 투사가 되어 일어났다.”

도스또예프스끼는 이후 알료샤가 믿음을 실천하며 살아가는 내용을 담은『까라마조프 씨네 형제들』의 속편을 쓰고자 했었다. 이 계획이 이루어 지지 못했던 것은 그의 죽음 때문이었다. 그러나 작가가 어떤 구상을 했을 가에 대해서 우리는『까라마조프 씨네 형제들』의 에필로그를 통해 알아 볼 수 있다. 알료샤는 병이 든 가난한 소년 일류샤의 뒤를 쫓아 왔던 아이들을 불러 모으고서는 죽어가는 친구에 대한 뜨거운 사랑을 심어 준다. 그리고 일류샤가 죽은 뒤 이 소년의 무덤 앞에서 그들은 '영원히 이렇게, 한평생 손에 손을 잡고' 살자고 맹세하면서 형제애를 다진다. 이 간략한 에피소드 속에, “그리스도를 위해 전 세계 인류가 하나의 형제가 되자던” 도스또예프스끼의 소중한 꿈이 어른거린다.

『까라마조프 씨네 형제들』은 러시아인들에게 정신적으로 커다란 영향을 주었다. 러시아는 도스또예프스끼를 선지자나 스승으로 보았으며, 그가 러시아인의 양심을 대변한다고 여겼다. 1880년 모스끄바의 뿌쉬낀 동상 제막식에서, 뿌쉬낀이 가장 위대한 대표자라고 할 수 있는, 러시아 민족의 '인류를 위한 사명'에 대한 도스또예프스끼의 유명한 연설은 엄청난 박수를 받았다. 생면부지의 사람들이 서로 부둥켜 안았고, 원수들끼리 화해했으며, 젊은이들은 작가를 손으로 들어 올렸다. 눈물, 포옹, 실신 그리고 끝없는 박수갈채가 이어졌다. 도스또예프스끼의 생애에서 최대 영광의 순간이었다. 다음 해인 1881년 1월 28일 그는 영면한다. 그의 장례식에는 러시아의 모든 정파와 계층이 하나가 되어 모였다.

제2차 대전 이후 도스또예프스끼는 똘스또이와 함께 세계적인 명성을 얻는다. 휴머니즘이 사라지고, 자유와 인권이 위기에 처한 오늘 날 도스또예프스끼의 인간에 대한 가르침은 더욱 더 시대적 진실이 되고 있다. N. A. 베르쟈예프[31]는 도스또예프스끼를 연구한 그의 탁월한 저작에서 다음과 같은 말로 끝을 맺고 있다. "재앙과 격변의 세월을 살아오면서, 마음 깊숙한 곳에서 울려 퍼지는 호소를 감지했던 서구인들은 간절한 마음으로, 인간 정신의 심연을 드러내었고, 세계적인 재앙을 피

---

31) 베르쟈예프(1874-1948). 솔로비요프 이후 러시아 최대의 사상가이자 철학자. 러시아 사회주의 혁명 이후 유럽으로 망명하여 러시아의 사상을 유럽에 소개하는데 지대한 역할을 하였다.

장례식장에 참석한 사람들에게 나누어주었던 도스또예프스끼 친필 사인

할 수 없을 것이라고 예견했던 이 세계적인 천재의 말에 귀를 기울였다.
도스또예프스끼는 러시아 민족의 존재를 전 세계에 알리는 데 지대한
공헌을 하였고, 최후의 심판이 우리를 기다리고 있음을 알려주었다."

똘스또이

러시아 문학에서 『전쟁과 평화』만큼 원대한 구상 아래 치밀한 구성과 방대한 분량을 갖춘 작품을 찾기란 힘든 일이다. 똘스또이는 처음엔 12월 당원들에 관한 소설을 계획했지만, 20년대라는 시기를 재현해 보고자 주인공들의 과거를 더듬어 보다가, 마침내 나폴레옹과의 전쟁이 벌어지던 시기를 상세하게 묘사하게 되었던 것이다. 이제 우리 눈앞에는 러시아 역사의 거대한 서사시가 펼쳐지게 된다. 이 작품은 러시아 역사에서 가장 긴박한 시기 중의 하나를 러시아 민중들의 비밀스러운 운명과 민족적인 정신을 담은 예술적 서사시로 재창조한 것이다.

똘스또이(1828-1910)

레프 니꼴라예비치 똘스또이 백작은 1828년 뚤라 현의 야스나야 뽈랴나 마을에서 태어났다. 그가 채 두 살이 되기도 전에 어머니가 돌아 가셨고 아홉 살 때 아버지를 여의었다. 고모 오스쩬 -사껜과 먼 친척이었던 따찌야나 알렉산드로브나 에르골스까야가 그를 키웠다. 집에서 듣던 전설과 어린 시절의 추억은 미래의 작가에게 끊임없이 솟아나는 창조적 영감을 제공하였다.『유년 시절』,『소년 시절』, 그리고『전쟁과 평화』에서 똘스또이는 자신의 가족이나 영지의 가부장제적인 생활 그리고 어린 시절 집 안의 '화목한 분위기'를 묘사하고 있다. 자신의 딸인 소공녀 마리야와 함께 살고 있는, 지혜롭고 위엄을 갖춘 노인 안드레이 안드례예비치 볼꼰스끼 공작이나 니꼴라이 로스또프와 그의 가족들은 모두 소설『전쟁과 평화』에서 잊을 수 없는 인물들인데, 이들은 실존 인물들을 모델로 하고 있다. 볼꼰스끼 공작은 작가의 할아버지 니꼴라이 세르게예비치 볼꼰스끼이며, 소공녀 마리야는 그의 어머니 마리야 니꼴라예브나가 모델이다. 니꼴라이 로스또프는 그의 아버지인 니꼴라이 일리치 똘스또이 백작이다. 로스또프의 집에 살고 있는 소냐는 마리야 니꼴라예브나가 죽은 뒤 똘스또이를 길러준 에르골리스까야이며, 소공녀 마리야의 시녀 마드모아젤 브리앤조차 실존인물이었던 마드모아젤 에니씨엔을 모델로 한 것이다.

똘스또이의 어린 시절을 우리는 『유년 시절』과 『소년 시절』에서 찾아 볼 수 있다. 물론, 이르쩨니예프 가족의 이야기가 똘스또이 가문의 가족 연대기인 것은 아니다. 사실과 허구가 이 작품들 속에는 구별하기 어려울 정도로 뒤섞여 있으며, 작품에 등장하는 주인공들의 내밀한 심경은 작가의 그것과 일치하고 있다. 이 작품들은 똘스또이를 성숙하게 만들었던 '정신적 분위기'를 제대로 재현하고 있는 걸작들이다. 독일인 선생 까를 이바노비치의 형상은 똘스또이 백작 가문의 아이들을 가르쳤던 표도르 이바노비치 레셀에게서 힌트를 얻었다. 작가는 어린 시절의 기억에 따라서 영지의 하인들이나, 순례했던 일을 이야기 해주는 '믿음 깊은 사람들', 방랑자들과 유로지브이들[32]('위대한 기독교인 그리샤')을 묘사하고 있다.

1836년에 아이들은 모스끄바에 있는 할머니 댁에 이주하게 되었고, 그들은 프랑스인 가정교사 쁘로스뻬르 생 또마의 지도 아래 본격적으로 공부를 하기 시작한다. 아이들에게 가차 없이 체벌을 가했던, 이 다소 멸시 하는 듯한 표정의 냉정하고 무자비한 멋쟁이는 『소년 시절』에서 생 제르라는 인상적인 인물로 그려진다. 할머니가 죽은 뒤 새로운

---

32) 유로지브이. 성스러운 바보, 기행을 일삼는 수도사를 일컫는 말.

후견인이 되었던 고모 유슈꼬
바는 이 고아들을 까잔으로
데려간다. 똘스또이는 대학에
서 동방 언어와 법학을 공부
하게 되나 수업은 그의 흥미
를 전혀 끌지 못했다. 그는 무
도회와 공연에만 정신이 팔려
있었다.

1849년 21살 때의 똘스또이

『청년 시절』에서 그는 자
신의 까잔 시절 사교 생활과
모임에서의 성공들, 친구들과
의 술판, 겉멋만 잔뜩 냈던 멋쟁이 행세를 묘사하고 있다. 그러나 그는
다채롭고 화려했던 생활을 하면서도 정신적으로는 복잡한 갈등을 겪고
있었다. 그는 루소를 읽기 시작했고, 인생 철학을 다루는 글을 쓰기도
했으며, 생활 수칙을 작성했다.(교회에 다니기, 성경 읽기, 가난한 사람들 돕
기, 다양한 분야의 학문 연구, 러시아에서 가장 위대한 학자가 되기 등) 하지만
시험에서의 실패는 그가 학문을 포기하는 계기가 되었다. 그는 대학을
자퇴하고 시골로 가 독학을 하겠다는 결심을 하게 된다.

그는 스스로에게 전혀 만족을 하지 못했고, 정신적으로 완벽한 경
지에 오르는데 평생을 바치기를 원했다. 그는 선을 실현하고 사람들의
이익이 되는 일을 하겠다는 목표를 세웠다. 그는 스스로를 윤리주의자
이자 설교사로 인식하였다. 그런데 그가 야스나야 뽈랴나로 돌아 왔던

1847년은 생각이 새롭게 바뀌는 계기가 된다. 시골에서 그는 농민의 삶을 개선하기 위해 노력했고, 계속되는 실패와 난관은 그를 의기소침하게 만들었다. 인생에서 '자신의 자리'를 찾고자 하는 탐색들은 성급했거나 제멋대로였다. 학자가 되는 길도 포기했고, 농민에게 선행을 베푸는 지주 노릇에도 환멸을 느낀 똘스또이는 새로운 일을 생각해 냈는데, 그것은 까프까즈의 산악인들과 전쟁을 벌이는 일이었다. 멋지게 말을 타는 낭만주의적인 기마병이나, 체르께스 인들, 험악한 협곡에서의 교전, 검은 눈의 포로들에 대한 생각으로 그의 머리는 가득 찼다. 그는 베스뚜제프-마를린스끼나 뿌쉬낀, 레르몬또프를 흠모하였다. 까프까즈에서 그는 전투에 참가하기도 했지만, 촌락을 하릴없이 어슬렁거리거나, 에삐슈까라는 늙은 까자끄인을 사귀는가 하면, 카드놀이를 해 돈을 따거나 사냥을 다녔고, '잘못했던 일'과 수정해야 할 무익한 시도들을 꼼꼼하게 적으며 자신을 다잡았던 일기를 쓰기도 했다. 바로 이곳, 스따로글라도프 촌락에 있는 소박한 농가에서 그는 『유년시절』, 『소년시절』, 『까자끄인들』을 집필한다.

1852년 네끄라소프의 『동시대인』지에 게재하였던 소설 『유년시절』이 성공하면서 그는 소설가로서의 길을 걷겠다는 결심을 하게 된다. 까프까즈에서의 삶은 그에게 '아무런 의미도 없는 것'으로 여겨졌다. 그는 전공을 세우려고 노력했고, 사회에서의 나쁜 습관들 ― 카드, 술, 게으름, 여색 ― 을 버리고 자연과 더불어 때 묻지 않은 '자연의 아이들'과 어울리고자 했지만 부질없는 일이었다. '낭만주의적인 전쟁'에도 흥미를 잃게 된다. 그는 퇴역하고자 했지만 러시아가 터키에 선전

포고를 하게 되는 바람에 받아들여지지 않았다. 장교로 승진하게 된 똘스또이는 실리스뜨리 봉쇄 전투에 참전하였고, 1857년 11월에는 세바스또뽈리에 도착하게 된다. 봉쇄 전투 당시 영웅적으로 싸웠던 몇 개월을 작가는 『12월, 5월 그리고 8월의 세바스또뽈리』라는 3편의 단편에 담는다. 그는 '위대하고 영광스러운' 사건들, 러시아 병사들의 위대함, 그들이 지닌 불굴의 용기와 초라한 죽음을 목격하였고, 퍼붓는 폭탄과 스쳐지나가는 총탄 속에서 '진정한 인생'을 발견하고는 기뻐했으며, 반쯤 허물어진 보루에서 프랑스 깃발을 발견하고는 눈물을 흘렸다. 그는 이렇게 적고 있다. "저에게 이 사람들을 보게 해주시고, 이 영광스러운 시간을 함께 하게 해주신 것을 감사드리옵나이다!"

세바스또뽈리 함락 이후 똘스또이는 퇴역해서 뻬쩨르부르그에 도착한다. 전쟁의 격동과 위기일발의 순간들로 가득했던 그의 젊은 시절은 이렇게 끝나가고 있었고, 똘스또이는 한결 성숙된 모습으로 변해가고 있었다.

똘스또이의 문학적 활동은 별다른 문학 공부나 습작 활동 없이 시작되었다. 그는 문학적으로 탁월한 성취도를 보여주었던 소설 『유년시절』로 데뷔한다. 나중에 그는 이 작품의 '문학성'이 떨어진다고 비판하면서, 작가적 성실성이 부족한 작품으로 여겼다. 그러나 당시에 니꼴렌까 이르쩨니예프의 이야기는 생동감 있고 감동적인 '어린 영혼의 고백'인 것처럼 여겨졌다.

물론, 똘스또이가 그린 어린 주인공의 심리는 10대 소년들에게서 흔히 보기는 어려운 것이었지만, 작가 역시 니꼴렌까가 특별한 소년이라는 것을 감추려 하지 않았다. 그는 또래의 아이들과는 확연하게 구분된다. 형 볼로쟈와 누이 류보츠까, 친구 세료쟈 이빈과 '첫 사랑'인 소네츠까 발라힌나와 그의 관계는 복잡 미묘한 것이다. 그는 이 아이들에게 마음이 끌리고, 그들의 꾸밈없는 성격을 닮아 보려고도 하고, 부러워하기도 한다. 그들처럼 되어 보려고도 하지만, 그와 동시에 자신이 그들과는 다르다는 것, 그들처럼 살아보려는 모든 시도가 아무 소용이 없다는 것을 느낀다. 항상 자신을 분석하고, 자신만의 특별한 운명을 유달리 예민하게 의식하고 살아가는 니꼴렌까가 느끼는 감정은 특출한 인물이 가지는 영혼의 고독이다. 그는 사랑을 갈망하며 온갖 상상의 나래를 펼치는 몽상가처럼, 자기만의 세상에 빠져서 살고 있다. 하지만 그는 누구도 자신의 세계에 동참시킬 수 없으며, 이러한 숙명적인 폐쇄성이 그에게는 고통의 원천이 된다. 그는 매사에 어색해 하고, 의심이 많으며, 병적일 정도로 수줍음이 많고 자존심이 강하다. 오만한 자기 과신 때문에 때로는 질투를, 때로는 자기 자신에 대한 혐오를 느끼며 산다. 그는 자신의 그다지 매력적이지 못한 외모 때문에 절망하고, 사회생활도 제대로 하지 못하며 주위 사람들을 차갑게만 대하는 자신의 성격 때문에 좌절한다. 그의 의식은 분열되어 있다. 행동하는 '나'를 엄격하게 관찰하고 있는 '나'는 스스로에게 야유를 퍼 붓는다. 이러한 두 가지로 분열된 의식을 가장 잘 엿볼 수 있는 것은 어머니의 관 옆에서 있는 장면이다. 니꼴렌까의 감정과 사고는 양 극으로 치닫고 있는 듯하다. 즉 그는 어떤 알 수 없는 감정이 북받쳐 오르는 것을 느끼면서도 마치 자신과는 아무런 관계도 없는 물체인 것처럼 자신의 어머니를 바라본다.

『청년 시절』에서는 참회 이후 니꼴렌까를 사로잡았던 종교적인 믿음에 대한 갈망이 이야기되고 있다. 그가 겪었던 영적 체험이 영혼을 사로잡을 만큼 진실한 것이었다는 것은 결코 의심의 여지가 없었다. 하지만 곧 이 체험은 관찰과 감탄 그리고 미학적 평가의 대상이 되어 버린다. 수도원에서 돌아오는 길에 그는 마음으로 느낀 것과 눈으로 느낀 것을 보다 확실하게 구별하기 위해서 마부에게 자신의 상태를 이야기한다. 이렇게 종교적 현상을 체험하면서 니꼴렌까에게 가장 고통스러운 질문은 진실성의 문제이다. 똘스또이는 평생 진실을, 무엇보다 자신이 확신할 수 있는 진실을 찾아 헤매었고, 거짓이거나 자기기만이라고 여겨지는 모든 것을 가차없이 부정하였다. 이러한 부정의 열망은 그의 분열된 의식이 가지고 있는 가장 큰 특징과 연관된 것이다. 똘스또이는 완전무결한 것을 진리라고 일컬었으며, 바로 이러한 완전무결한 대상을 찾는다는 것은 그에게는 불가능한 일이었다.

『유년 시절』은 미완성으로 끝났던 자전적인 대작『인생의 4단계』의 일부였다.『유년 시절』이후『소년 시절』이 출판된다. 그리고 3번째 편에 해당한다고 할 수 있는『청년 시절』은 시험에서 낙방을 했던 씁쓸한 에피소드를 소개하면서 갑자기 끝난다. 작가는 이후에 있었던 "보다 더 행복했던 젊은 시절의 정신적 성숙"에 대해 이야기 하겠다고 약속한다. 그러나 그는 이 약속을 지키지 못했다. 까프까즈와 끄림에서의 전쟁은 과거를 회상할 여유를 주지 않았고, 새로운 현실을 볼 수 있게 해주었다.

『세바스또뽈리 이야기』에서 똘스또이는 "러시아의 민중이 주인공으로 등장하는, 세바스또뽈리에서 일어났던 위대하지만 우울한 서사시"의 세 가지 국면을 묘사한다. 이 소설은 전쟁에 관한 모든 진실을 말하고자 하는 목격자의 평이하고 실무적인 어조가 오히려 독자의 눈길을 사로잡는 단편소설이다. 주인공들은 인간이 가질 수 있는 모든 약점과 결점을 갖고 있는 평범한 사람들이다. 이등 대위 미하일로프는 적의 총탄을 뚫고 동료를 구해낼 수 있는 사람이지만, '귀족'들과 어깨동무하며 술자리를 한다고 우쭐대는 인물이다. 작가는 낭만주의에서 볼 수 있는 '영웅주의'를 무자비하게 무너트려 버린다. 전쟁이란 "음악과 북소리가 울려 퍼지는 전투, 휘날리는 깃발과 폼 나게 말을 타고 다니는 장군들"을 볼 수 있는 아름답고 화려한 구경거리가 아니었던 것이다. 피와 고통과 죽음만이 전쟁의 진정한 모습이었다.

그럴싸한 어떤 거짓도 집요하게 파헤치고, 우상을 파괴하며, '고상한 기만'을 폭로했던 『전쟁과 평화』와 『안나 까레니나』의 작가적 면모는 이미 『세바스또뽈리 이야기』에서 찾아 볼 수 있다. 화려하지만 거짓된 낭만주의에 그가 대비하고 있는 것은 준엄하고 진지한 리얼리즘이다. 그는 이렇게 적고 있다. "내가 온 마음을 다 바쳐 사랑하고 있는, 또한 가장 아름다운 모습으로 재현하려고 하고 있는, 그리고 항상 아름다웠으며, 아름답고, 앞으로도 아름다울, 내 소설의 주인공은 진실이다." 이러한 진실을 향한 금욕주의적인 싸움은 거짓된 예술의 파괴로부터 시작해서 전체 예술의 부정으로까지 이르게 된다. 똘스또이는 미학적이든, 문화적이든, 사회적이든, 모든 것을 부정해버리는 니힐리즘에 숙명적으로 빠져 버리게 된다.

『까자끄인들』이란 소설에서 부유하지만 사교계 생활로 몸을 망친 청년 올레닌은 새롭고 깨끗한 생활을 해보겠다는 막연한 꿈을 갖고 까프까즈로 떠난다. 겉보기에 그는 "숨 막히는 도시를 떠나" 때 묻지 않은 자연의 품에 안기는, 천성적으로 애수와 환멸을 느끼는 뿌쉬낀과 레르몬또프의 바이런적인 주인공들을 닮아 있다. 그러나 올레닌은 바이런주의자가 아니다. 그는 '도덕적인 율법'에서 삶의 의미를 찾고, 진실하게 살고자 한다. 소박하고 거칠며, 건강한, 자연과 닮아 있는 까자끄인들의 삶은 그를 감동시킨다. 이 사람들은 "자연이 존재하고 있는 방식 그대로 살고" 있으며 행복하다. 그는 "고요하고 평온한 자연 그 자체"인 까자끄 처녀 마리야나의 모습에서 완전무결한 삶의 지혜를 발견한다.

우리는 니꼴렌까(『유년시절』, 『소년시절』)에게서 똑같이 볼 수 있었던 고독하고 갈등하는 인간의 우수를 보게 된다. 답답한 삶을 벗어나서, 모두가 함께하는 자연의 삶을 영위하게 되고, 여인과 민중과 땅을 사랑하게 되면서, 이 몽상가의 폐쇄적인 영혼은 우수에 잠긴다. 그는 '당당하고 행복한', 아름다운 까자끄 여인에 대한 사랑이 그를 구원하고 해방시켜 줄 것이라고 생각한다. "나는 자기의 의지라는 것을 가지고 있지 않다. 일종의 맹목적인 힘, 신의 세계 전체가 나를 통하여 그녀를 사랑하고 있는 것이다. 나는 이성으로 그녀를 사랑하는 것도 아니고, 상상으로 그녀를 사랑하는 것도 아니다. 나의 존재 자체로 그녀를 사랑하는 것이다. 그녀를 사랑하면서, 나는 내 자신이 행복한 신의 세계와 떨어질 수 없는 일부가 되었다고 느낀다." 물론, 이러한 모든 꿈들은 실현될 수 없는 꿈들이다. 왜냐하면 마리얀나는 올레닌을 사랑하고 있지 않기 때문이다. 그러나 그녀가 그를 사랑했다고 한들, 그가 보다 더 행복해지지는 않았을 것이다.

하늘이 내린 것 같은 원시생활의 행복은 다만 그의 상상의 결과물이었을 뿐이다. 까자끄인들은 에덴동산에 살던 아담과 이브가 아니었고, 그저 도둑이나 강도, 술주정뱅이와 같은 무지몽매한 인간들이었다. 그래서 몽상가는 실의에 잠긴다. '자연의 존재 법칙대로', 까자끄인들 같은 '자연의 아이들'이 살아가는 대로 살아보겠다는 것은 정신적으로 자기완성을 이루겠다는 이상과 전혀 합치하지 않는다. 까자끄인 루까슈까는 체첸인에게 총을 쏘면서 기도문을 외우지만, "저런, 고맙게도, 제대로 맞은 것 같구만"이라고 환호하고, '도둑 에로슈까'는 스스로를 "술 먹고, 도둑질 하고, 산악의 야만인들을 없애고, 노래하는 데는 제가 전문이지요"라고 소개하고 있다.

'삶의 의미'를 진지하게 고민하는 윤리주의자였던 똘스또이로서는 올레닌을 수용할 수가 없었다. 그는 두 개의 경계 사이에 있는 경계인이다. 그는 '거짓된' 문명 세계를 뒤로 하고 떠나지만, 열정과 본능에 의지하는 원시적 생활에 끼어들지 못한다. 이것은 존경했던 장 자크 루소를 본받고자 했던 똘스또이가 꿈꾸었던 '자연으로의 회귀' 사상의 첫 단계이다. 문화는 비판 받을 점이 있고 거부되어야 하지만, 하나가 되어야 할 그 '자연'을 아직 발견할 수 없었던 것이다. 젊은 작가는 아직도 낭만주의의 영향을 받고 있었다. 때문에 그에게는 화려하고 이국적인 풍경과 생동감 넘치는 호전적인 인물들이 필요했다고 볼 수 있다. 똘스또이가 중부 러시아의 척박한 자연과 신심이 넘치는 겸손한 농부들을 발견하고서야 '소박하게 사는 삶'을 탐색하는 과정은 완성된다. 그리고 바로 그 때, '도적 예로슈까'는 자신의 정신적 형제라고 할 수 있는 『전쟁과 평화』의 뽈라똔 까라따예프에게 자리를 내어준다.

1862년 34살 때의 똘스또이

뻬쩨르부르그에서 일 년간 체류하면서 『동시대인』지의 동인들과 가까이 지냈던 똘스또이는 야스나야 뽈랴나에 정착해서 집안일을 돌본다. 그는 두 번의 해외여행을 했고 (1857년과 1860년), 학교를 세워 교육 사업을 하겠다는 생각을 하였기에 저명한 교육가들을 만나고 학교 시설과 박물관들을 방문한다. 그러나 서구적인 생활은 그의 마음에 들지 않았고, 교육 방식 또한 주입식이라고 생각되었다. 그는 자기 자신만의 교육 체계를 만들었으며, 민중을 위한 학교를 세우고 교육 잡지인 『야스나야 뽈랴나』를 발행한다.

1862년에 작가는 모스끄바에 자리 잡고 있는 의사의 딸인 소피야 안드레예브나 베르스와 결혼한다. 그는 자신이 사랑에 빠지고, 결혼에 이르게 되는 사연을 이후 소설 『안나 까레니나』에서 묘사하고 있다. 러시아의 경제적 조건에 대한 책을 저술하고자 하며, 그 자신이 들판에서 일을 할 정도로 농민과 근접해 있는 젊은 지주, 꼰스딴찐 레빈은 많은 점에서 작가와 닮아 있다. 또한 그의 약혼녀였다가 후에 아내가 된 끼찌 쉐르바쯔까야는 꿈 많은 상류 계급의 처녀에서 살림 잘하는 주부이자 헌신적인 어머니로 변해가는데, 그녀는 진지하고 열정적이었던 아내 소피야 안드레예브나와 흡사한 형상이다.

평온한 가정의 행복을 느끼던 세월이었다. 이 시기에 가장 위대한 예술 작품이었던 『전쟁과 평화』(1864-1869)와 『안나 까레니나』(1873-1876)가 탄생한다.

러시아 문학에서 『전쟁과 평화』만큼 원대한 구상 아래 치밀한 구성과 방대한 분량을 갖춘 작품을 찾기란 힘든 일이다. 똘스또이는 처음엔 12월 당원들에 관한 소설을 계획했지만, 20년대라는 시기를 재현해 보고자 주인공들의 과거를 더듬어 보다가, 마침내 나폴레옹과의 전쟁이 벌어지던 시기를 상세하게 묘사하게 되었던 것이다. 이제 우리 눈앞에는 러시아 역사의 거대한 서사시가 펼쳐지게 된다. 이 작품은 러시아 역사에서 가장 긴박한 시기 중의 하나를 러시아 민중의 비밀스러운 운명과 민족적인 정신을 담은 예술적 서사시로 재창조한 것이다.

똘스또이는 우리들에게 일련의 빛나는 경력을 가진 권세가들, 즉 용감한 군인, 지도자, 사령관, 국가의 관리, 사상가와 문화의 창조자들을 보여주고 있지만, 이 모든 인물들은 겉으로만 화려하게 드러난 인물들일 뿐이다. 이 인물들 속에 감춰진, 유일하고 진정한 주인공은 온순하고 소박한 러시아의 민중들이다. 장관과 외교관들을 거느리고 있는 왕도, 부관들을 거느리고 있는 장군들도, 귀족들의 살롱도 나폴레옹을 물리치지는 못했고, '적그리스도'에 대항하여 무기를 잡았던 민중들의 정신적 힘이 그를 패퇴시킨다. 그런데 이러한 주제가 묘사의 신빙성을 떨어뜨리지 않을 수 있는 것은, 자신 만의 주관적인 진실이 아니라, 삶 자체의 진실이기 때문이라고 똘스또이는 믿었다. 그는 역사적 사실이 자신의 견해가 옳다는 것을 입증할 것이며, 현실을 편견 없이 묘사한다면 있는 그대로의 '민중의 진실'을 드러낼 것임을 확신한다.

작가의 객관성에 대한 지향이 어긋났던 것은 오직 하나의 경우에 한정되었다. 나폴레옹을 묘사할 때면 똘스또이는 그를 의식적으로 폄하한다. 똘스또이의 가슴 서늘한 아이러니 속에서 적에 대한 사적 감정이 느껴진다. 그 밖에 모든 묘사에서 똘스또이는 '공정성'을 유지한다. 즉 그에게는 거룩한 사람들도 주인공도 없다. 그저 모두가 같은 인간일 뿐이다. 그가 사랑했던 민중들을 묘사할 때조차, 그는 그들을 이상화하지 않았다. 만약 예술가가 항상 심판관이어야 한다면, 『전쟁과 평화』의 작가는 '정의의 심판관'이라고 할 만 하다. 똘스또이의 소설에서는 프랑스와 러시아라는 두 개의 국가, 귀족과 민중이라는 두 개의 계층, 유럽과 러시아라는 두 개의 문화가 충돌할 뿐 만 아니라, 두 개의 종교적 세계관이 충돌하고 있다.

인간이 곧 신이라는 정신, 강한 개성을 가진 악마적인 오만함은 '소박함과 진실을 추구하는 정신', 러시아 민중의 기독교적인 겸손함과 싸움을 벌인다. 전자는 위대한 천재이자 혁명의 아들이고 파괴자인 나폴레옹으로 형상화되며, 후자는 '평범한 인물'인 꾸뚜조프로 구현된

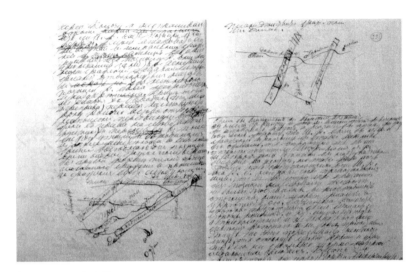

『전쟁과 평화』육필 원고

다. 전자는 자기 스스로를 황제라 칭하며 전 세계의 운명을 좌지우지할 수 있는 사람이라고 생각한다. 그는 로마의 황제 카이사르이며 신이기도 하다. 후자는 "하늘의 섭리를 따르기 위해, 그 뜻에 자신의 개인적인 의지를 종속시킨다." 그는 "무의식적이고, 전체를 따르는, 꿀벌과 같은 인생을 사는 인류"의 대표자이다. 그리고 이점에서 그는 현명하고 정의롭다. 똘스또이는 이렇게 적고 있다. "꾸뚜조프는 피라미드 높은 곳에서 아래를 굽어보던 시절을 결코 말하지 않으며, 조국에 바쳤던 희생에 대해 결코 말하지 않는다. 그는 대체적으로 자신에 대해 이야기 하는 법도 없으며, 항상 가장 소박하고 평범한 사람으로 여겨졌고, 가장 소박하고 평범한 사실들을 이야기 하였다."

이것이 똘스또이 소설의 종교적, 철학적 의미이다. 장엄하고 찬란했던 유럽 문화의 시대는 르네상스에서 시작되어 나폴레옹이라는 위풍

당당한 인물에 의해 정점으로 치달으면서 완성된다. 사회적, 종교적, 도덕적인 모든 굴레로부터 점진적으로 이루어져 왔던 인간 해방이 사회, 윤리 그리고 종교를 거부하는, 신만큼이나 커다란 힘을 갖고 있었던 한 인간의 반란에 의해 마침표를 찍게 되었던 것이다. 이러한 반란자이고 개인주의자이며 신에 거역하는 인간은 낭만주의적인 소설의 주인공이다. 자신의 의지와 이성으로 이 주인공은 온 세상을 바꿔나가고자 한다.

미래에 닥쳐 올 재앙 — 세계대전과 사회주의 혁명 — 을 예감했던 똘스또이는 인류를 그들의 문명의 원천 즉, 집단주의적인 의식을 갖고 '꿀벌과 같은 삶'을 살던 시절로 되돌리고자 한다. 개인은 더 이상 개별적인 존재가 되지 말고, 아무런 개성 없는 인류라는 바다와 합치해야만 한다. 이러한 생각은 무의식성과 겸손함을 요구했다.

똘스또이의 진단은 정확했지만, 그가 내놓은 처방전은 차라리 병을 앓고 지내는 게 나을 듯 했다. 인류는 이성이 깨어났던 시대를 지울 수 없으며, 원시 상태로 되돌아 갈수도 없고, 수동적이고 아무런 의식도 없는 무리가 되기 위해서 개성과 의지의 자유를 포기할 수도, 포기해서도 안 된다. 똘스또이는 인간을 믿지 않았고, '비본질적인 자유'를 거부했으며, 자신의 불교적인 숙명론을 신의 섭리라는 애매한 말로 덮어 버렸던 것이다. 1812년을 수동적인 의식이 승리한 해로 해석하는 똘스또이의 견해는 정말 놀랄만하다.

똘스또이는 '전체'와 개별의 문제를 제기하였고, 개성을 종교적으로 입증해야 한다는 필연성을 강조한다. 바로 이 점은 그가 남겼던 커다란 공헌이었다. 그에게서 오늘 날 비극적인 극단으로 나아가고 있는 '휴머니즘의 위기' 가 시작된다. 오늘 날의 사상가들은 극단적인 개인주의와 집단주의를 똑같이 배격하면서, 교회에서 말하는 집단주의를 대안으로 제시하고 있다.

그런데 철학가로서의 똘스또이가 오류를 범했던 그 지점에서, 예술가로서의 똘스또이는 정반대의 형상을 그려낸다. 프랑스 군에 의해 점령당한 모스끄바에서 진실을 찾는 삐에르 베주호프가 만나고는 크게 감명을 받았던 병사 쁠라똔 까라따예프는 '민중의 영웅' 꾸뚜조프와 대비되는 인물로 제시된다. 그 또한 아무런 개성도 없이, 세상 돌아가는 데로 몸을 맡기는 인물이다. 작품 속에서 작가 자신을 대변하고 있는 삐에르는 그렇게 이 병사를 바라보고 있지만, 독자들에게 그는 다른 모습으로 나타난다. 개성이 없는 것이 아니라, 오히려 비범한 특징을 가진 그의 개성이 우리를 압도한다. 그의 예리한 말들, 재담과 격언들, 부지런함, 밝고 쾌활한 성격과 아름다운 마음, 이웃에 대한 실천적인 사랑, 겸손함, 낙천성과 신에 대한 믿음 등은 '전체의 일부' 일 뿐인 무개성한 형상이 아니라, 신앙심 깊은 민중에게서 볼 수 있는 매혹적인 면모들이다. 쁠라똔 까라따예프는 『유년 시절』의 유로지브이 그리샤와 매우 흡사한 '위대한 기독교인' 이다. 똘스또이는 직관적으로는 이 인물의 정신적인 특징을 감지하고 있었지만, 그의 이성이 눈앞을 가리는 바람에 이 신비스러운 영혼의 외피만을 스쳐 지나갔던 것이다.

* * *

『전쟁과 평화』에서 주인공들의 개인사나 가정에서 벌어지는 일들은 역사적 사건들을 배경으로 하고 있다. 똘스또이는 알렉산드르 1세나 꾸뚜조프, 스뻬란스끼, 나폴레옹과 그의 사령관들을 묘사하며, 러시아 군의 프러시아 원정, 프랑스 군의 러시아 침공, 보로진 전투와 모스끄바 점령, 연합군의 파리 입성들을 기술하고 있다. 그리고 소설 끝부분에 접어들면서 1820년대를 다룬다. 작가는 수많은 역사서적과 동시대인들의 회상록을 섭렵한다. 예술가의 과제가 역사적인 고증을 거쳐야 하는 역사가의 과제와는 다를 수밖에 없다는 것을 이해했던 똘스또이는 시대적 정신이나 그 시기의 특징을 생동감 있게 문학적으로 표현하고 싶어 하였다.

물론 똘스또이의 역사적 인물들은 어느 정도 현대적인 인물로 각색이 되었다. 그들은 자주 작가의 동시대인인 것처럼 말하고 생각한다. 그러나 이렇게 옛 인물을 새롭게 변신시키는 작업은 역사적 과거를 문학적으로 재현하는 데 어느 정도 불가피한 일이다. 역사적 진실 만을 추구한다면 예술 작품이 아니라, 생기 없는 고고학이 되어 버릴 것이다. 작가는 어떠한 사실도 마음대로 꾸며내지 않았으며, 단지 그에게 가장 시사적이라고 생각 되는 것들만을 선택하고 있다. 그는 이렇게 적고 있다. "내 소설에 등장하는 역사적 인물들의 말과 행동은 모두 나의 상상의 결과물들이 아니라, 내가 글을 쓸 당시 산더미처럼 쌓아 놓았던 자료들에 의거해서 쓴 것들이다."

나폴레옹 전쟁을 배경으로 한 '가족연대기'를 쓰기 위해서 똘스또이는 선조 때부터 내려오는 편지나 일기, 회상, 미공개 된 기록들을 활용하였다. 소설 속에 묘사되고 있는 '인간 세상'의 복잡다단함은 발자크의 『인간 희극』에 필적할 만하다. 똘스또이는 70명이 넘는 주요 인물의 성격을 묘사했으며, 부차적인 인물들조차도 두드러진 특징 몇 가지를 세세하게 묘사하고 있다. 그들은 모두 살아 숨 쉬고 있고, 서로에게서 비슷한 점을 발견할 수 없으며, 기억 속에 남는다. 인물의 성격과 행동 그리고 외형은 섬세하게 파악된 세부 묘사를 통해 규정된다. 죽어가는 백작 베주호프의 응접실에서 상속인들 중의 한 명인 바실리 공작은 당황한 나머지 발뒤꿈치를 들고 걸어가게 된다. 그러나 "그는 발뒤꿈치를 들고 걸을 줄 몰랐으므로 마치 온 몸으로 어설프게 뛰어 가는 것 같았다." 이렇게 어설프게 뛰어가는 그의 모습에서 위엄과 권위를 중시하는 공작의 기질은 표현된다. 또한 똘스또이가 묘사하고 있는 외적인 특징들은 심리적 깊이와 상징적인 의미를 내포하고 있다. 그는 비할 데 없이 예리한 관찰력과 통찰력을 가지고 있었다. 고개를 돌리는 동작이나, 손가락의 움직임 하나를 보고도 똘스또이는 그 사람의 내면을 짐작하였다. 찰라 스쳐지나가는 감정의 굴곡을 그는 육체적인 신호로 표현해 내었다. 동작, 포즈, 제스처, 두 눈의 표정, 어깨의 선, 입술의 떨림을 보고서 그는 정신적 상태를 읽어내곤 하였다. 이 때문에 그의 주인공들이 온전한 인격과 육체를 갖춘 인간으로 느껴지는 것이다. 인물을 피와 살을 갖춘 살아 있는 인간으로 형상화 하는데 있어 똘스또이를 따라 잡을 사람을 찾기는 어렵다.

　두 귀족 가정, 즉 볼꼰스끼 가문과 로스또프 가문의 역사가 소설의 기둥 줄거리를 이룬다. 예까쩨리나 여제 시절 총사령관이었고, 볼테르

신봉자이자 학식 깊은 지주인 늙은 공작 볼꼰스끼는 못생겼고 나이가 꽉 찬 딸 마리야와 함께 영지 리스이예 고르이에서 살고 있다. 아버지는 이 딸을 매우 귀여워하면서도 엄격하게 키우고 있고, 억지로 딸에게 기하학을 가르친다. '아름답게 반짝이는 눈망울' 과 수줍은 미소가 인상적인 소공녀 마리야는 정신적인 품격을 갖춘 인물이다. 그녀는 묵묵하게 삶의 십자가를 지고 나가며, 기도하고, 순례자가 되기를 꿈꾼다. "그녀에게는 인류의 모든 복잡한 법칙들이, 인간에 대한 사랑으로 고난 받으시다가 하늘에 올라 하느님 저편에 앉아 계신 그 분이 그녀에게 주신, 사랑과 자기 헌신이라는 하나의 간단명료한 법칙이 되어 있었다. 그녀는 스스로 고통 받으면서도 타인을 사랑해야만 했었고, 그녀는 이일을 해내었다." 그럼에도 그녀는 때때로 자신도 가정과 아이를 갖고 싶다는 개인적인 행복에 대한 갈망에 사로잡힌다. 이 희망이 실현되어 그녀가 니꼴라이 로스또프에게 시집을 가게 되었을 때에도 그녀의 영혼은 "무한하고 영원한, 그리고 완전한 것"을 향해 계속해서 나아가고자 한다.

소공녀 마리야의 오빠 안드레이 공작은 여동생을 닮지 않았다. 그는 강하고, 지혜로우며, 현실에 환멸을 느끼면서, 주변 사람들과 자신은 다르다고 생각하는 자존심이 강한 인간이다. 그는 스뻬란스끼와 함께 법률제정 위원회에서 일을 하지만, 이내 추상적인 실무에 염증을 느낀다. 그의 마음을 끄는 것은 명예욕이다. 그는, 나폴레옹처럼, 1805년에 원정을 떠났으며, '뭇 사람들의 사랑' 과 영광과 갈채가 있는 자신만의 '뚤롱[33]' 을 꿈꾼다. 그러나 '뚤롱' 대신에 그를 기다리고 있는 것

---

33) 지중해에 있는 프랑스의 항구 도시

은 아우스테를리츠 벌판이었고, 이곳에서 그는 상처를 입은 채 누워 끝 없는 하늘을 쳐다본다. 그는 생각한다. "이 끝없는 하늘 말고는, 모든 것이 헛되고, 모든 것이 기만이다. 이 하늘 말고는 아무 것도, 아무 것도 없다. 이 고요와 평온함 말고는, 아무 것도 필요 없다."

러시아로 돌아온 그는 자신의 영지에 정착해서, '삶의 우수'에 빠져 버린다. 아내의 죽음, 그에게 처녀다운 매혹과 순결함을 느끼게 해 주었던 나따샤 로스또바의 변절은 그를 음울한 절망에 빠지게 한다. 보로진 전투에서 입은 상처로 서서히 죽어 가던 그는 죽음에 직면해서야 항상 그토록 찾아 헤매었으나 별 성과가 없었던 '삶의 진실'을 발견한다. 그는 생각한다. "사랑이 곧 삶이다. 내가 알고 있는 모든 것은 내가 사랑하고 있기에 살아가고 있다는 것 하나 뿐이다. 사랑이 곧 신이며, 내가 죽는다는 것은 영원한 주, 하느님에게로 귀의한다는 것이다."

볼꼰스끼 가문과 로스또프 가문은 복잡한 관계를 맺고 있다. 니꼴라이 로스또프는 『까자끄인』에서의 예로슈까나 『유년 시절』에서의 형 볼로쟈와 흡사하게 직선적인 성격이다. 그는 어떠한 의혹이나 질문 없이 살아간다. 직선적이고, 선량하며, 용감하고, 쾌활한 그는 자신의 한계에도 불구하고 대단히 매력적이다. 물론, 그는 자신의 아내 마리야의 신비스러운 영혼을 이해하지는 못하지만, 그러나 행복한 가정을 이루고 아이들을 잘 키워 낼 수 있는 능력이 있다.

그의 여동생 나따샤 로스또바는 똘스또이의 가장 매혹적인 여성 주인공들 중의 한 사람이다. 우리들 각자의 삶 속에 그녀는 사랑스럽고 다정한 친구처럼 다가온다. 그녀의 기쁨과 삶의 활력이 넘치는 얼굴에서 주변의 모든 것들을 비추어 주는 빛이 발산된다. 그녀가 나타나면 모두가 즐거워하고, 모두가 미소를 짓는다. 그녀에게는 삶의 에너지가 흘러넘치기에, 그녀의 변덕, 젊은 여인의 이기주의 그리고 '인생의 향락'에 대한 갈망조차도 매혹적인 것으로 여겨진다. 그녀는 외향적인 성격이며, 낙천적이고, 풍부한 감정의 소유자다. 그녀는 사려 깊은 여자가 아니며, 삐에르가 그녀에 대해 말한 것처럼, "지혜로운 여자가 되기에는 부족한" 점이 많지만, 이성 대신에 그녀에게는 마음의 혜안이 있다. 그녀는 어떤 사람을 '보았다' 하면, 그 사람을 정확하게 파악할 수 있다. 그런데 그녀의 남편 안드레이 볼꼰스끼가 전쟁터로 나가 있을 때에 나따샤는 겉만 번지르르한 아나똘리 꾸라긴에게 빠져 버린다. 그러나 안드레이 공작과 결별하고, 이후 그가 죽게 되자 그녀는 완전히 다른 사람이 되어 버린다. 선량하고 올곧은 그녀의 품성은 자신의 죄를 쉽게 용서하지 못한다. 나따샤는 헤어날 길 없는 절망에 빠지고, 죽기만을 원한다. 이 때 그녀의 남동생 뻬쨔가 전사했다는 소식이 전해진다. 나따샤는 자신의 고통을 잊고 어머니를 헌신적으로 위로하였으며, 이 때문에 죽음의 유혹을 벗어난다.

"나따샤는 자신의 삶이 끝난 거라고 생각했다. 그런데 돌연 어머니에 대한 사랑을 느끼는 순간, 인생의 본질은 사랑이며, 이 사랑을 실천하고 산다면, 한 번 더 살아볼 만한 가치가 있을 것만 같았다. 사랑하는 마음이 생기면서, 인생도 의미를 갖게 되었다"라고 똘스또이는 적고 있다. 마침내 그녀는 삐에르 베주호프에게 시집을 가게 되고, 자애로운 어머니이자 헌신적인 아내로 변모한다. 그녀는 이전에 그토록 열렬하게 좋아 했던 모든 '인생의 향락' 을 포기하고, 정성을 다해 이 새로운 일에 헌신한다. 똘스또이에게 나따샤는 본능적이고, 신비스러우며, 성스러운 인생 그 자체를 의미하고 있다.

작품의 구성이나 주제적인 측면에서 중심에 서 있는 인물이 삐에르 베주호프 백작이다. 볼꼰스끼 가문과 로스또프 가문의 '가족연대기' 형식으로 진행되고 있는 이 작품의 복잡다기한 동선은 그를 향해 뻗어있다. 그는 작가의 심정적 지지를 가장 많이 받고 있는 인물이며, 기질적으로 작가와 가장 흡사하다. 삐에르는 니꼴렌까, 네흘류도프, 올레닌처럼 진리를 '찾는' 사람이며, 무엇보다 똘스또이의 모습을 떠올리게 한다. 소설 속에서 우리는 갖가지 인생사의 단면뿐만 아니라, 주인공들이 정신적으로 성숙해 가는 일련의 과정 또한 엿볼 수 있다. 삐에르는 루소의 영향을 받으며 자랐고, "꿈을 꾸는 듯한 철학적 사색"에 잠기곤 한다. 그는 '진리'를 찾고 있지만, 의지가 굳세지 못한 탓에 공허한 사교계 생활을 그만두지 못하고, 술 먹고, 카드놀이를 하며, 무도회에 다닌다. 무정한 미녀 엘렌 꾸라긴나와의 어리석은 결혼 생활, 결별, 옛 친구였던 돌로호프와의 결투는 그에게 인생의 전환점이 된다. 그는 메이슨[34] 운동에 공감하고, 그들의 주장에서 "내적인 평온과 자기 자신과의 합치점"을 발견해보겠다는 생각을 한다. 그러나 곧 환멸이 찾아든다. 메이슨주의자들의 박애주의적인 활동은 그의 마음에 차지 않았고, 그들이 보여 준 제복과 성대한 의식에 대한 집착은 그의 분노를 산다. 정신적인 무기력과 인생의 공포 또한 그를 사로잡는다.

---

34) 메이슨. 1717년 영국에서 창립된 인도주의적 박애주의를 지향하는 단체. 프리메이슨은 각 회원들을 가리키는 말.

"엉망으로 꼬여버린 인생의 매듭"은 그를 짓누른다. 그러던 중 보로진 벌판에서 한 러시아 평민을 만나면서, 그에게는 새로운 세계가 열린다. 모스끄바에서 포로가 된 그는 사형 판결을 기다리면서 며칠 가량을 감옥에서 보내게 된다. 바로 이곳에서 그는 "선량하고 살집이 좋은 러시아인 까라따예프"를 만나게 된다. 쾌활하고 밝은 성격의 그는 삐에르를 정신적 파멸에서 구해주고, 그를 신에게로 인도한다. 똘스또이는 다음과 같이 적고 있다. "이전에 그는 스스로가 세운 목표 속에서 신을 찾았다. 그런데 어느 순간, 포로 신세의 그는, 신은 어디서나 우리와 함께 계신다고 했던, 예전에 유모가 해주었던 말의 의미를 이성적 사고를 통해서가 아니라, 직접적인 느낌으로 알게 되었다. 또한 그는 메이슨들이 존경하는 아르히쩩똔의 신보다, 까라따예프의 신이 훨씬 더 위대하고, 무소부재한 신이라는 것을 알게 되었다."

삐에르는 종교적 믿음을 갖게 되었고, 모든 의문과 의혹은 사라지고, 이제 신에 대한 사랑과 타인에 대한 헌신적인 봉사만이 의미 있는 삶이라는 것을 깨달았기에 그는 더 이상 '삶의 의미'를 고민하지 않는다. 소설의 끝 장면에는 나따샤 로스또바와 결혼하여 충실한 남편이자 다정한 아빠가 되어있는 더 없이 행복한 삐에르의 삶이 묘사된다.

『전쟁과 평화』는 비밀 단체가 생겨나고 12월 당원들이 봉기를 준비하던 20년대를 경계로 해서 끝이 나게 된다.

작가는 장차 12월 당원이 되는 삐에르와 안드레이 공작의 아들인 젊은 볼꼰스끼를 주인공으로 하는 새로운 소설의 초안을 잡아보았다. 그러나 이러한 구상은 실현되지 못했다. 똘스또이가 뻬쩨르부르그 상류층에 속하는 한 여인의 비극적인 사랑의 이야기를 쓰기 시작하면서 그럴 여유를 가질 수 없었기 때문이다. 사랑 없이 고위 관료에게 시집을 간 안나 까레니나는 젊은 근위 장교 브론스끼에 대한 자신의 감정을 억누르지 못한다. 그녀는 남편을 배신하고, 아들을 버리고서는 브론스끼와 함께 해외로 도피한다. 그러나 그녀의 고결하고 솔직담백한 성격은 이러한 거짓되고 수치스러운 상황을 견디어 내지를 못한다. 독선적이고 꽉 막힌 브론스끼는 그녀의 정신적 고통을 이해하지 못하고, 그녀의 고통스러운 사랑을 부담스러워 하기 시작한다. 수렁 깊숙이 빠져버린 안나는 자살로 생을 마감한다.

소설은 작가가 살았던 시대를 배경으로 전개 된다. 뻬쩨르부르그 귀족 사회의 화려한 나날들은 모스끄바 상류 사회의 실상에 대한 세밀한 묘사와 그림 같은 전원생활에 대한 묘사로 대체된다. 까레니나와 브론스끼의 불행한 사랑은 끼찌와 레빈의 행복한 사랑과 대조되고 대비된다.

똘스또이는 간신히 『안나 까레니나』의 끝을 맺는다. 그에게는 이미 그의 인생을 전반과 후반으로 나누었던 정신적 위기의 징후가 나타나고 있었기 때문이다.

1873년과 1875년 사이에 그의 자식 세 명과 그의 어머니 역할을 해주었던 따찌야나 알렉산드로브나 에르골스까야 그리고 고모 뻴라게야 유슈꼬바가 차례로 죽게 된다. 소피야 안드레예브나는 병이 생겼고, 피를 토하는 고통 속에서 죽기만을 바란다. 똘스또이는 주변 모든 사람들의 죽음을 피부로 느꼈다. 죽음에 직면한 모든 것이 허망하기만 하였다. 사랑, 미, 예술은 절망을 이겨낼 수 있는 수단이 되질 못했다. 『참회록』에서 작가는 설득력 있게 자신의 영혼을 관통하고 있는 이 참혹한 고통을 묘사하고 있다. 그에게 새로운 믿음을 주었던 것은 종말에 대한 이성적 사고가 아니라, 죽음에 대한 실제적인 경험이었다. 그가 지금까지 살아왔던 삶은 맹목적인 것이자 슬픈 어릿광대 놀이로 보였다. 그래서 그는 죽기

46살 때인 1874년의 똘스또이

를 원했다. 끈을 보면 감춰야 했고, 사냥도 홀로 다녀서는 위험했을 정도로, 자살의 유혹은 큰 것이었다.

　바로 이 때 한 평범한 농민과의 만남은 그에게 삶의 광명을 찾아 주었다. 그는 무식하고 지혜롭지도 못한 사람들이, 작가이자 귀족인 그가 이해하지 못했던 비밀을 알 수 있다는 것을 깨달았다. 무의미했던 것은 인생 자체가 아니라, 신을 부정했고 태만했으며 부유했던 작가 자신의 인생이었다. 그에게는 민중의 신앙에 동참하고자 하는 뜨거운 갈망이 생겨났다. 그는 정교회의 모든 예식을 열심을 다해 준수하였고, 아침예배에 다니고 육식을 금했다. 그러나 이렇게 교회를 다니던 시기는 그리 오래 가지 못했다. 1879년은 그가 성찬식에 참가한 마지막 해였다. 그

는 더 이상 스스로를 속일 힘이 없었다. 온 마음으로 기독교적인 가르침을 받아 들였지만, 민중들의 기독교 신앙과는 도저히 견해를 같이 할 수 없었다. 그리스도의 부활은 현실적으로 있을 수 없는 일이라고 생각했고, 때문에 그리스도를 믿을 수가 없었던 것이다. 심각한 내적인 갈등을 겪은 후 그는 기독교가 자신의 신앙이 될 수 없음을 인정해야만 하였다. 교회와 예수 그리스도의 신성 그리고 기독교의 모든 신비주의적인 교리를 거부하고 나선 똘스또이는 단지 구세주의 윤리적 가르침만을 받아 들였다. "너희들은 '눈에는 눈, 이에는 이' 라는 옛사람들의 말을 들어 본적이 있느냐? 너희에게 이르노니, 악에 저항하지 말라"는 성경의 윤리적 종교적 가르침은 그의 주된 입장이 되었다.

『나의 신앙은 무엇인가?』라는 책에서 똘스또이는 사람들에게 신의 가르침, 즉 노동하고 인내하며 세속적인 부를 포기하고 이웃 사랑을 실천하라는 말씀을 이행하라고 호소한다. 세상은 악하고 사회는 불공정하고 불평등하다. 그 때문에 악에 저항하지 말라는 말은 공허하게 울려 퍼졌다. 똘스또이의 가르침은 불교의 교리와 비슷한 점을 갖고 있었고, 소극적인 자기 수양을 지향하고 있었다. 교회, 국가, 재판, 군대복무, 세속적인 문명, 과학과 예술은 배척되었고, 검소함과 육체적 노동, 금주와 채식주의가 권장되었다.

이 야스나야 뽈랴나의 교육자는 윤리주의자이자 이성주의자였다. 잘못된 생각 때문에 사람들은 불행하며, 그런 사람들에게 그들의 잘못을 설명해 주어야 하고, 그때서야 그들은 깨닫고 선행을 할 수 있다고 똘스또이는 확신한다. 그의 가르침에 따르면, "예수는 어리석게 살지 말라고 우리에게 가르쳤다"는 것이다.

30년간 부단하게, 말이든 행동이든, 그는 자신의 교리를 설파하였다. 이 가르침은 러시아 뿐만아니라, 전 세계로 퍼져나갔다. 야스나야 뽈랴나는 전 세계의 '똘스또이주의자들'이 모여 드는 정신적 구심점이 되었다. 작가의 권위는 정부가 그의 행동을 마음에 들어 하지 않았음에도 불구하고 그의 활동을 감히 제한하지 못했을 만큼 컸다. 정부는 그저 가장 열성적인 추종자들을 감시하는 일 밖에 할 수 없었다.

1880년 이후 똘스또이의 교훈적인 저작들에서 가장 눈에 띄는 점은 명확하고 정확하며 쉬운 언어를 구사하고 있다는 점이다. 추상성과 '문학성'을 어떻게든 벗어나려 했던 그가 견지했던 논리의 치밀성과 절제된 감정은 철학적 추론과 비판적인 폭로의 수준을 한껏 고양시켰다. 길고 복잡한 문장들은 수학적인 정확성을 갖고 있었다. 똘스또이는 추상적인 사고에 적합한 언어를 창조하였다. 그러나 그의 사상은 항상 구체적인 사실, 시사적인 개별 사건, 비유적인 우화를 통해 구현되었다. 세계 문학에서 『예술이란 무엇인가?』라는 그의 논문보다 더 뛰어나게 패러독스로 가득 찬 작품을 찾기란 어려운 일이다. 게다가, 근본적인 사상의 오류에도 불구하고, 이 혐오로 가득 찬 팸플릿은 너무도 심오하고 정곡을 찌르는 무수한 관찰과 평가들을 담고 있다. 예술을 파괴하던 위대한 작가는 새로운 예술 작품을 창조하고 있다.

똘스또이는 자신이 쓴 과거의 작품들이 비도덕적이며 선정적인 것이라고 판단했지만, 끝내 예술 창작을 포기할 수 없었다. 그는 젊은 지주 네흘류도프에게 유혹 당했다가 버림받게 되는 까쮸샤 마슬로바의 비극적인 이야기를 담은 장편소설 『부활』을 집필한다. 끊임없이 강조되고 있는 작가의 윤리관은 이 작품의 미학적 완결성을 저해한다. 도처에서 작가의 목소리가 들려오며, 사전에 각자에게 예정된 주요 등장인물들의 삶의 경로는 변화가 없다. '똘스또이주의'의 종합판이라고 할 수 있는 소설 『부활』은 똘스또이의 신앙이 갖고 있는 무미건조한 추상성을 그대로 보여주고 있다. 하지만 그럼에도 이 실패한 소설에서 우리는 진정 천재적인 면모를 발견할 수 있다.

소설 『이반 일리치의 죽음』과 『하지 무라뜨』는 작가가 생애 가장 마지막 시기에 창작한 작품들이다. 심리적 분석의 깊이와 '생동감 넘치는' 디테일들로 현실을 재현해 내는 기교는 페이지 곳곳에 군더더기 없이 긴장의 강도를 최고도로 높이며 집중되고 있다. 이 작품들은 민중을 고려해서 쓰여 졌고, 어떠한 '문학적 현란함'도 없다. 똘스또이는 형제들이 이집트에 팔아넘긴 요셉의 이야기를 세계 문학사상 최고의 예술 작품이라고 간주하였고, 성경의 서술 양식을 본받고자 노력하였다. 철학적 깊이와 극적인 요소를 갖고 있는 그의 단편들은 힘이 넘쳐흐른다. 말년의 똘스또이는 고전적인 주제의 명확함과 절제된 문체를 선호한다.

똘스또이 희곡 중에서 가장 유명한 작품이 『어둠의 힘』과 『문명의 결실』이다. 전자는 농민 생활의 음울한 비극을 다루고 있고, 후자는 공허하고 경박하며 미신을 믿으며 살아가고 있는 상류 사회를 꼬집는 유쾌한 희극이다. 똘스또이는 연극을 좋아하지도 않았고, 특별한 연극적인 재능도 없었다. 그의 희곡들은 각색된 소설에 더 가까웠다.

1882년에 똘스또이는 모스끄바의 인구조사 사업에 참여한다. 이를 위해 그는 빈민굴과 빈민숙박소 그리고 빈민들의 임시 거처 등을 방문하게 된다. 『도대체 무엇을 해야만 하는가?』라는 책에서 그는 '자선'이 아무런 의미도 없는 것임을 지적한다. 부자들은 스스로가 부자로 살기를 거부하는 그때서야 가난한 사람들을 도울 수 있다. 그들의 형제가 가난과 타락에 빠져 파멸해 가는 것은 그들의 책임이다. 부와 재산 그리고 돈이야말로 최고의 악이며 저주이다. 그런데 이런 생각을 하는 똘스또이 또한 여유있는 생활을 해 왔고, 부유한 지주였으며, 엄청난 인세를 받고 있었다.

신념과 현실 사이의 괴리는 해를 거듭할수록 그를 더욱 더 고통스럽게 했다. 그는 재산을 가족에게 양도했으며, 저작권을 거부했고, 소박한 농민의 옷을 입었고, 직접 자신의 장화를 꿰매었지만, 그럼에도 그는 이러한 '소박한 삶'이 그저 배부른 지주의 변덕처럼 여겨져질 수 있다는 것, 그의 주변 환경이나 식구들은 여전히 부유하고 '죄 많은' 생활을 계속하고 있다고 생각했다. 식구들과 수없이 충돌을 거듭한 뒤에, 설명하고 절교하고 눈물을 흘리고 자살을 시도하며 끔직한 정신적 고통을 겪고 난 후에 그는 마침내 자신의 '옳지 못한' 생활과 결별해야 하겠다고 작정을 하고서는 1910년 10월 28일 야스나야 뽈랴나를 뛰쳐나온다. 그리고 그는 갑작스럽게 얻은 병 때문에 오쁘찐나 뿌스뜨이니 수도원 근처의 아스따뽀프 역에 머물게 된다. 이곳에서 1910년 11월 7일 그는 영면한다.

대구대학교 인문과학연구총서22

러시아의 위대한 작가들

초판 1쇄 : 2008년 2월 29일 발행

지은이 : K. B. 모출스끼
옮긴이 : 이규환, 이기주
펴낸곳 : 도서출판 써네스트
펴낸이 : 강완구

출판등록 : 2005년 7월 13일 제 313-2005-000149호

주   소 : 서울시 마포구 망원동 426-22 들국화 맨션 1층 101호
전   화 : 02-332-9384
팩   스 : 02-332-9383
이메일 : sunestbooks@yahoo.co.kr

값 10,000원
ISBN 978-89-91958-20-3 93890